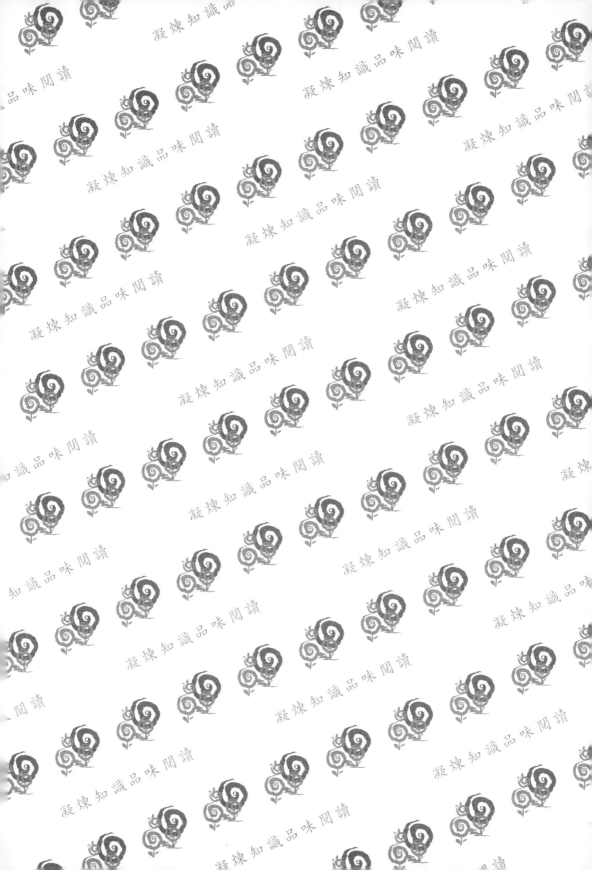

莫理哀《守財奴》

莫理哀　原著

楊莉莉　譯注

國立臺北藝術大學、五南圖書出版股份有限公司　合作出版

此書獻給我的母親洪玉琴女士

目 次

圖畫與劇照索引

L'Avare
導　讀
———— ✤ ————

莫理哀誕生於 1622 年，時值路易十三在位（1610-1643），之後樞機主教黎希留（Richelieu）任首相（1629-1642）。此時的歐洲正在進行一場決定性的爭霸戰——三十年戰爭（1618-1648），兩大王朝——波旁王朝（法國）與哈布斯堡王朝（伊比利及德意志）——交手，雙方戰到民窮財盡，最後由法國取得勝利，成為歐洲新霸主。

路易十三英年早逝，長子路易十四（1638-1715）五歲登基，他的母親——奧地利的安娜攝政，樞機主教馬薩林（Mazarin）輔政（1643-1661）。路易十四直到馬薩林身故才真正掌權，自此不再任命首相，國政改由不同性質的委員會負責，國王積極介入其間。在位長達 72 年，路易十四建立了一個中央集權王國，貴族的權力被削減，全數集中住在凡爾賽宮附近，就近監視[1]，恩威並施。在《回憶錄》（*Mémoires*）中，路易十四驕傲地提到自己的王朝是一脈「居住在全世界最豪華宅第、具有全世界最龐大權力、擁有全世界最專制主權的世襲國王」[2]。

宣稱「朕即國家」，路易十四施政以榮耀法國／君王為目標，十分重視外交，在歐洲大陸積極開拓疆土[3]，樹立其太陽王的威望，打造現代法國的雛形，管理一個新的國家機器，並確立了今日法國的基本疆域。莫理哀一生見證法國逐步邁向歐洲第一強國的歷程，路易十四的聲譽如日中天。

1　路易十四十歲時爆發了投石黨之亂（La Fronde, 1648-1653），起因是對馬薩林施政不滿，被削權的貴族紛紛起而暴動，路易十四被迫兩度逃離巴黎，此事件在他心中留下陰影。

2　其實是寫給他兒子的諭示，見謝南（J. H. Shennan）之《路易十四》，李寧怡譯（台北，麥田，1999），頁 34。

3　為擴張國土疆域，路易十四發動多次戰爭：1667 年，與西班牙爭奪南尼德蘭（Netherlands），史稱「權利轉移之戰」（Guerre de dévolution）；1672-1678 年，法荷戰爭；1683-1684，「再統合之戰」（Guerre de Réunions）；1688-1697 年的「大同盟戰爭」（Guerre de la Grande Alliance）；以及 1702-1713 年的西班牙王位繼承戰，前三次戰爭使路易十四成為歐洲霸主。因戰功彪炳，路易十四於 1680 年被尊稱為「偉大」（Louis le Grand）。然而大同盟戰爭因雙方厭戰而和解，西班牙王位繼承戰最後雖由法國王孫繼承王位，但戰爭造成經濟凋敝，伏下大革命爆發的遠因。

　　軍事武功之外，路易十四也重視藝文，責成財政大臣考爾貝（Jean-Baptiste Colbert）為他找來知名且配合的藝術家，給予優渥的創作津貼。考爾貝找詩人夏佩南（Jean Chapelain）提出一張名單，劇作家高乃依（Pierre Corneille）、侯圖（Jean de Rotrou）、拉辛（Jean Racine）、莫理哀上榜，這是一種殊榮。藝術家也需服務國王，例如一有需要，莫理哀必須立即提供各色娛樂作品作為王室慶典餘興節目，而拉辛寫詩稱頌國王，甚至於為其撰寫光榮的傳記。新古典主義時期的文學特別流行奉承王室與貴族的序言、感言、詩作，這是時代風氣使然。

　　在 1680 年之前，路易十四非常喜歡藉各種名目舉辦慶典，不惜花費鉅資以展現國力及個人威望，且喜在演出中參一腳，慶典轉而成為政治秀場，國王變成導演，這位「置景工國王」（le roi machiniste）樂於把凡爾賽宮變成永遠的布景[4]。例如 1664 年，26 歲的路易為了展現擴建中的凡爾賽宮之美，在花園中舉辦了為期廿餘日的「仙島歡樂」（*Les plaisirs de l'île enchantée*）遊園活動，其中包含化妝遊行、詩章朗誦（*Roland furieux*, Ariosto）、戲劇、音樂、舞蹈、盛宴、煙火。莫理哀的劇團是唯一受邀的劇團，他的演員不僅參加各式遊園活動，且盛大演出《艾麗德公主》（*La princesse d'Elide*）、《討厭鬼》（*Les fâcheux*）、《達杜夫》（*Le Tartuffe*）以及《逼婚》（*Le mariage forcé*）共四齣戲。

　　路易十四任內，出現了文藝史上的黃金時代，除戲劇三傑高乃依、莫理哀、拉辛之外，作家拉封丹（La Fontaine）、佩羅（Charles Perrault）、拉布呂耶爾（La Bruyère）、巴斯卡（Pascal）、拉羅什富科（La Rochefoucauld）、塞維涅夫人（Mme de Sévigné）、拉法葉夫人（Mme de la Fayette），文評家

4　Jean-Marie Apostolidès, *Le roi-machine : Spectacle et politique au temps du Louis XIV* (Paris, Minuit, 1981), pp. 128-30.

布瓦洛（Boileau）和博須埃（Bossuet），哲學家伽桑狄（Pierre Gassendi）及笛卡兒，都是這一個時代的名家。

1. 莫理哀時代的法國喜劇

　　從 17 世紀初期到中葉，法國喜劇蓬勃發展，一方面，在劇院中，鬧劇丑角仍具票房號召力；另一方面，劇作家已開始嘗試編寫新形式的喜劇。從 1610-1625 年間，巴黎最出名的演員為三位丑角人物——圖呂班（Turlupin）、高提耶－高吉爾（Gaultier-Garguille）、胖－紀隆（Gros-Guillaume），這是他們所扮演類型角色的名字[5]。主演圖呂班的勒格蘭（Henri Legrand）擅長惡僕角色；扮演高提耶－高吉爾的蓋胡（Hugues Guéru）既高又瘦，O 型腿，身體關節像傀儡一般可任意轉動；而胖－紀隆由蓋倫（Robert Guérin）主演，臉塗白，挺著一個圓大肚，皮帶箍在肚子下，扮相討喜。三個丑角接近義大利假面喜劇（la commedia dell'arte）的定型人物。

　　這時期的鬧劇（la farce）內容不脫家庭紛爭、紅杏出牆、偷盜欺騙，乃至於獨立女性等題材，劇情直線進展，最後來一個翻盤，常出現「騙人者人恆騙之」的情節，作品雖不具文學價值，卻很可能培養了上戲院買票看戲的觀眾群。在路易十三的時代，打打鬧鬧的喜鬧劇深受觀眾喜愛。

　　到了 1650-1660 年間，制定悲劇編創規則的學究（docte）欲強制推行高雅文風，加上宗教及政治權力之不信任，鬧劇一度淪為不登大雅之堂的娛樂。直到路易十四掌權，鬧劇才得到重生，特別是在 1660-1670 時期，博君一笑的獨幕劇盛行，風采不輸「大喜

5　三人也演悲劇角色，分別使用藝名 Belleville、Flechelles、La Fleur。

圖 1　中間三人左起圖呂班、高提耶－高吉爾、胖－紀隆。（BNF）

劇」（la grande comédie）。莫理哀直到生命晚年始終對鬧劇情有
獨鍾，他常在「喜劇－芭蕾」（le comédie-ballet）和大喜劇中加
入笑鬧橋段，《守財奴》即爲一例。

　　在新編喜劇方面，在 1630-1640 年間，喜劇開始向田園劇（la
pastorale）借鏡，取其理想化的生活背景，編劇聚焦於林間一對牧
人的愛情故事，他們的戀情不幸碰到阻撓，幸得神仙施法相助而
終成美眷，且意外發現對方原來出身不凡。田園劇演出穿插滑稽
橋段，融詩歌樂爲一體，既奇幻又娛人，爲後來風靡一時的「機
關劇」（la pièce à machine）鋪路。17 世紀法國第一位劇作家阿迪
（Alexandre Hardy）爲這個劇種立下了寫作規範。

　　又或者師法「悲喜劇」（la tragi-comédie），這並非一般認知
的混合劇種，而是指出身高貴的角色捲入系列帶喜劇色彩的歷險
中。當年流行的英雄小說（le roman héroïque）提供了現成的創作

模型，其故事充滿各種曲折離奇的橫生枝節（péripétie），常套用扮裝、決鬥、船難、海盜等招數；主角的戀情受到各式嚴峻考驗，但到了結局必能化險為夷，以相認、團圓、成婚作結[6]。這類喜劇流行於 1640-1660 年間，知名作家有侯圖、杜里埃（Du Ryer）、史古德利（Scudéry）、雷西吉埃（Rayssiguier）及高乃依，其中，高乃依另闢蹊徑，企圖素描時人的對話，如《皇家廣場》（*La Place Royale*）一劇，可惜票房失利，後放棄此一編劇脈絡。

1640 年之後，西班牙戲劇之幻想、誇張，以及逗笑的語言也發揮了影響，德布斯卡爾（Guérin de Bouscal）編的《曼丘的唐吉軻德》（*Dom Quixote de la Manche*）造成風潮，連高乃依也躍躍欲試，寫了《騙子》（*Le menteur*）及其續集（*La suite de menteur*）。這時期的喜劇以史卡龍（Scarron）寫得最好，他的《阿梅尼的唐賈非》（*Don Japhet d'Arménie*, 1647）成為莫理哀劇團的表演劇目。在他之後，高乃依的弟弟湯馬斯（Thomas）寫了《時髦的愛情》（*L'amour à la mode*, 1651）[7]，演出很賣座，劇情顛覆堅貞的愛情理想，代之以朝三暮四的感情，在投石黨（La Fronde）動亂時期，頗能反映當時流行的愛情觀。法國喜劇一直要等到莫理哀 1658 年返回首都才攀上高峰。

喜劇之外，我們也必須了解路易十四時代的編劇通則。戲劇史上，這時期為「古典主義」理念主導創作的時期。簡言之，古典主義以復興希臘羅馬古典藝術為理想，後世為了區別，在法國的古典主義理論之前加了一個「新」字，從 17 世紀下半葉至 18 世紀主導歐洲文學與藝術創作美學，強調理性、秩序、合宜、均衡、統一、節制等特性。隨著路易十四鞏固政權，新古典主義盛行一

6　Cf. Roger Guichemerre, *La tragi-comédie* (Paris, PUF, 1981), chap. II "Morphologie", pp. 49-88.

7　出自 Antonio de Solis 的 *El Amor al uso* 一劇。

時，文學創作的美學標準與規範全有定論，古希臘羅馬文學成為典
範，值得取法。

　　相較於其他「主義」，新古典主義有許多創作法則要遵守，成
立於 1635 年的「法蘭西學院」（Académie française）在規範法語
的同時，受到中央集權政府的鼓勵，也花時間發展戲劇理論，企圖
以亞里斯多德的《詩學》、奧瑞斯（Horace）的《詩藝》為基礎，
規範編劇法則，促成不少專著問世，特別是針對悲劇著作最多，
最知名者當推奧比納克神父（Abbé d'Aubignac）《戲劇之實踐》
（*La pratique du théâtre*, 1657），以及布瓦洛《詩的藝術》（*L'art
poétique*, 1674）[8]。

　　新古典主義戲劇的核心觀念為「肖眞」（vraisemblance），忠
於現實（réalité）為其最高目標，眞實（vérité）、道德與一般性成
為三大要點，由此延伸出三一律——地點、時間與情節之統一[9]，力
求劇情進展逼近眞實的幻覺。在內容方面，故事宜發乎情而止乎
禮（bienséance），不能違背善良的道德風俗；角色塑造要端正、
合宜、得體，悲劇以王侯將相爲主角，在喜劇領域則以中下階層
爲主，其社會階級、年紀、職業及性別均需納入考量，鬧劇丑角
退場，讓位給中產階級。在劇情主旨方面，不能使人感到震驚，悲
劇強調透過引發悲憫和恐懼達到淨化情感的作用，喜劇則應寓教於
樂，意涵嚴肅。書寫上要求詩體，採法國詩文慣用的亞歷山大詩體
（l'alexandrin），一行詩 12 音節，二行連句。這些劇創規則在悲
劇領域被嚴格要求，不符合規範的作品立遭眾學究圍剿，高乃依的
名劇《席德》（*Le Cid*）是顯著的例子[10]。在喜劇範疇則較具彈性，

8　其他理論著作尚有 La Mesnardière, *La poétique* (1639)；Père Lamy, *Nouvelles réflexions sur l'art poétique* (1668)；Père Rapin, *Réflexions sur la poétique d'Aristote et sur les ouvrages des poètes anciens et modernes* (1674)；Chappuzeau, *Le théâtre français* (1674) 等。
9　意即單線情節、地點不變、時間至多在一天內。
10　此劇主要被批評未遵守三一律、悲喜劇不分、劇情進展不符常情、旁支情節過多等。

莫理哀的劇情發展往往帶著奇思異想，三一律更無法箝制他。對莫理哀而言，觀眾喜歡他的作品方爲編劇第一要務，規則一點也不重要[11]。

2. 莫理哀生平

莫理哀本名尙－巴提斯特（Jean-Baptiste），1622 年出生於巴黎的中央市場區（les Halles），爲尙・波克藍（Jean Poquelin）和瑪麗・克蕾瑟（Marie Cressé）的長子，1 月 15 日在聖厄斯塔什（Saint-Eustache）教堂受洗。莫理哀的父母親都來自於壁毯商（tapissier）家族，主要販賣家具、織品和掛毯，家境寬裕。九歲時，父親買下「御用壁毯商」（le tapissier du roi）及「國王侍從」（le valet de chambre du roi）官職。翌年母親逝世，父親隔年續弦。

1637 年，莫理哀 15 歲，父親爲家族取得御用壁毯商及國王侍從的世襲權。所謂的御用壁毯商實爲宮廷室內陳設師，共有八名，每一季由兩位負責，爲國王布置行宮中的寢室，每天早上爲國王鋪床。在 1682 年定居凡爾賽宮前，路易十四在文森（Vincennes）、聖－日耳曼－昂萊（Saint-Germain-en Laye）、楓丹白露及香堡（Chambord）四個行宮間輪流居住。這個工作酬勞不高，但可親近國王，接觸達官貴人，有利於擴展人脈，招攬權貴客戶，附加價值甚高。莫理哀決定以戲劇爲業時曾拒接這個職位，改由弟弟繼承，但 1660 年弟弟過世後，他欣然接手。

11 歲，莫理哀進耶穌會辦的克萊蒙中學（le Collège de Clermont）[12] 就讀。他的同學有西哈諾（Cyrano de Bergerac）[13]，

11　參閱《妻子學堂的批評》第六景。
12　為今日知名的「偉大路易中學」（Lycée Louis-le-Grand）。
13　電影《大鼻子情聖》的主角。

以及成為終身摯友的夏佩爾（Claude-Emmanuel Lhuillier, dit Chapelle）。莫理哀在校期間可能受教於伽桑狄，或接觸到他的哲學。簡言之，伽桑狄既不認為人類永遠無法觸及真實，也不接受世間真理可歸納為抽象系統加以理解，如亞里斯多德或笛卡兒的學說。介於兩者之間，伽桑狄提倡一種實證的理性主義：人必能發現真理並建立起有用的學識，只要能從事實和經驗中學到教誨，接受現實的多面相和複雜性、歷史的進展、社會變動以及變遷中的道德風尚與信仰。這是一種開放的思想，影響莫理哀甚深。

18 歲，聽從父親安排，莫理哀到奧爾良（Orléans）讀法律，得到學士學位。據信，在攻讀學位期間，莫理哀加入了巴里和羅維埃坦（Bary et l'Orviétan）的江湖賣藝班子，這個班子靠賣假藥維生，常在巴黎「新橋」（le Pont-Neuf）設攤。出身富裕又受過良好教育的莫理哀之所以會迷上戲劇，和他的戲迷外祖父有關[14]，幼年時常被帶著去「布爾高涅府」（l'Hôtel de Bourgogne）看戲，父親尚・波克藍怎麼抗議也沒用。除此之外，莫理哀的住家離新橋不遠，他的父親在巴黎的兩大市集聖羅蘭（Saint-Laurent）和聖日耳曼都設有攤位，這些熱鬧好玩的地方正是江湖藝人招徠觀眾的絕佳地點，莫理哀必然常常看到表演，引發他對演戲的興趣。

莫理哀在 20 歲左右結識了瑪德蓮・貝加（Madeleine Béjart），以及她的演戲家族，這是他生命的轉捩點，他愛上她，且決定以戲劇為業。1643 年，路易十四登基，莫理哀 21 歲，6 月 30 日，他用母親給他的 630 鎊遺產，和瑪德蓮共同創立「顯赫劇團」（Illustre-Théâtre）。當年巴黎僅有布爾高涅府和「瑪黑」（Marais）兩家戲院，瑪德蓮去租了風潮不再的網球館，改裝為

14　見 Grimarest, *La vie de M. Molière* (Hambourg, Tredition, 2012), p. 18；Grimarest 並未指出是祖父或是外祖父，一般認定為後者。

戲院 [15]，地點離聖日耳曼市集很近，能吸引人潮，又和原有兩家戲院有點距離，達到區隔觀眾群的效果。顯赫劇團搬演杜里埃、德封丹（Desfontaines）、馬儂（Magnon）、崔斯坦隱士（Tristan L'Hermit）的悲劇。

　　一開始，觀眾因為好奇上門看戲，隨後很快失去興趣，顯赫劇團只嚐到幾個月的成功滋味，接著就開始負債，後來搬到今日塞樂絲丹碼頭（le Quai des Célestins）旁，在另一個同樣是網球館改裝的劇院演戲，狀況依然沒有得到改善。莫理哀到處籌錢，甚至借高利貸，過著被討債的生活，後因無力償還，身為劇團負責人的他兩度進監牢，被關在夏德雷（Châtelet）監獄，最後由父親作保，答應分期還款才獲釋。這些經驗應是促成他後來寫下《守財奴》一劇的契機。也是在這個時期，他開始使用「莫理哀」簽名，原因則不可考。

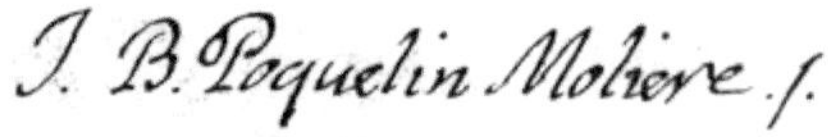

J. B. Poquelin Molière .j.

圖 2　莫理哀簽名。

2.1 到外省歷練

　　在巴黎經營劇場失利，並未澆熄莫理哀對演戲的熱情。他帶著劇團到外省發展，前後歷經 13 年（1645-1658），走過二十多個城市，大部分在西南方，其路徑看似萍蹤浪跡，帶著冒險情懷，實則經過深思熟慮。根據薛黑（Jacques Scherer）的研究 [16]，莫理哀劇團

---

15 在今天的 Mazarine 路上。改裝網球館為戲院工程不大，因為網球館長約 25-35 公尺，寬約 11-15 公尺，高約 10 公尺，和當時劇院的形式和面積很接近，且建材佳，劇團只需在室內一頭加建舞台，安裝換景機器，另一頭底端增建階梯式觀眾席，再改裝二、三樓成為包廂即可開門演戲，Pierre Pasquier et Anne Surgers, dir., *La représentation théâtrale en France au XVIIe siècle* (Paris, Armand Colin, 2011), pp. 60-61。

16 Jacques Scherer, "Stratégie théâtrale de Molière", *Le théâtre en France*, vol. I, dir. Jacqueline de Jomaron (Paris, Armand Colin, 1989), pp. 181-82.

選擇落腳表演的地點與時間有三大特點：支持戲劇的省長、三級會議[17]召開期間以及大城市。原因不難理解：外省省長生活奢華，有財力也願意支持戲班；在通常每年召開的三級會議中，演戲是上乘的招待；而大城市人口多，才有足夠的觀眾群。

　　因此莫理哀帶著顯赫劇團出了巴黎，第一站先直奔波爾多（Bordeaux），加入舊識杜非斯內（Dufresne）的劇團，後者得到吉嚴（Guyenne）省的省長艾佩農公爵（Duc d'Epernon）保護，顯赫劇團巡迴該省大城演出，北到南特（Nantes），東到蒙佩利葉（Montpellier）。接著因朗格多（Languedoc）省召開三級會議，莫理哀率團到該省獻藝，得到省長孔替親王（Prince de Conti）保護，劇團改稱「孔替親王劇團」。孔替是王位的第三順位繼承人，相當欣賞莫理哀的才情，曾想請他當祕書，但遭到婉拒。劇團在朗格多省四處巡演，北上里昂（Lyon），推出了莫理哀的處女作《冒失鬼》（L'étourdi, 1655）。

　　孔替後因病受洗為天主教徒，聽信偽信士讒言，不僅終止劇團的津貼，1657 年更禁止顯赫劇團使用他的名號，莫理哀體認到大人物恩寵之不可倚恃，宗教力量也不容小覷。劇團的繼任保護者是諾曼第的省長隆格維爾公爵（Duc de Longueville）。1658 年莫理哀帶著劇團開拔到盧昂（Rouen），結識高乃依，十月回到巴黎，結束跑碼頭的日子。長年帶著劇團衝州撞府，莫理哀可說是 17 世紀最深入民間、看盡社會百態、最懂民情的法國作家。

　　這段闖江湖的經歷不僅使莫理哀增廣見聞、加強歷練、了解人性、鍛鍊演技，他也蛻變為一位稱職的團主，劇團被譽為首都以外最好的劇團。更重要的是，他開始了編劇事業，1655 年《冒失鬼》在里昂成功首演，1656 年《愛情的怨氣》（Le dépit amoureux）

---

17 即僧侶、貴族和市民三級代表。

在貝齊埃（Béziers）推出，莫理哀同時主演僕人馬斯卡里爾（Mascarille）一角，大受歡迎。

2.2 重返巴黎

1658 年，36 歲的莫理哀帶著劇團重返巴黎，這回他找到了知音，劇團得到路易十四的弟弟菲利普（Philippe d'Orléans）賞識，稱為「御弟劇團」（la Troupe de Monsieur）。經菲利普力薦，路易十四和朝臣在「小波旁廳」欣賞了莫理哀劇團演出高乃依悲劇《尼高梅德》（Nicomède），但看完之後反應平淡。深知自己劇團演悲劇不如知名的布爾高涅府，莫理哀不死心，請求加演一齣他在外省廣受歡迎的娛樂小品，國王點了《戀愛中的醫生》（Docteur amoureux）一戲，這回國王看得笑呵呵，整個宮廷也被逗得樂不可支。

受到國王喜愛，劇團就此在巴黎站穩了第一步，得以和義大利劇團輪流在小波旁廳演出，星期一、三、四、六由莫理哀使用，其他時間則歸義大利劇團。莫理哀並不介意這項安排，他由衷欣賞義大利演員，特別是團主費歐里尼（Tiberio Fiorilli, 1608-94）——史卡拉慕盧（Scaramouche）一角原創者——更是他激賞的演員，他從旁觀摩義大利演員的演技，改進自己的表演方法。

同年 11 月 2 日，《冒失鬼》在巴黎首演成功，稍後推出之《愛情的怨氣》也票房奏捷。不過，真正使莫理哀在巴黎插穩旗幟的是 1659 年 11 月 18 日首演之《可笑的才女》（Les précieuses ridicules），此劇角色塑造超越定型丑角，改以可笑的時人——「才女」[18] 與侯爵 [19]——入戲，混合鬧劇和風俗道德喜劇。由於劇

18　在莫理哀諷刺的筆下，「才女」淪為一群賣弄學問、附庸風雅、矯揉造作的女人，然而她們是法國歷史上具體提出女性主義訴求的先鋒，例如才女 Sophonisbe 高倡「精神沒有性別之分」，並主張自由結合，反對婚姻的形式束縛。

19　冒牌侯爵為路易十四時代的社會問題，見本劇五幕五景。

圖 3　小波旁廳是個多功能的集會廳，1614 年召開三級會議的盛況。
　　　（Château de Versailles）

情與人物前所未見，又嘲弄當時社會上的假名流，這齣戲十分賣
座，知名丑角喬得來（Jodelet）也粉墨登場助陣。隔年的鬧劇新製
作《斯嘎納瑞勒或綠帽疑雲》（*Sganarelle ou le cocu imaginaire*）
票房也很亮麗。

　　另一方面，莫理哀劇團搬演的高乃依悲劇《埃拉克留斯》
（*Héraclius*）、《羅多庚》（*Rodogune*）、《西納》（*Cinna*）、
《席德》、《龐貝》（*Pompée*）卻票房慘淡。悲劇一向被視為是
最崇高的劇種，悲劇演員連帶地被尊為真正的演員，鬧劇或喜劇不
過是插科打諢的遊戲之作，丑角無異於諧星，無怪乎莫理哀一心想

成爲悲劇作家。這個夢想直到 1661 年 2 月悲喜劇《唐高西・得納瓦爾》（*Dom Garcie de Navarre*）演出失敗才清醒，他從此放棄嚴肅題材。

決定回到自己擅長的喜劇領域，莫理哀接下來的兩齣新作《先生學堂》（*L'école des maris*）及《討厭鬼》也是創新的劇種；前者爲《妻子學堂》（*L'école des femmes*）的前奏，是一部「風俗道德與個性喜劇」（la comédie de moeurs et de caractère），這系列的創作奠定了他在文學史的地位。《討厭鬼》則是一部喜劇－芭蕾，戲劇間夾歌舞音樂演出，此作原是路易十四的財政總監富凱（Nicolas Fouquet）爲取悅國王，在自己富麗堂皇的古堡（位於 Vaux-le-Vicomte）舉行奢華遊園會的委託創作。莫理哀首度爲宮廷貴人服務，路易十四甚表欣賞，之後也經常請他爲王室的各種喜慶宴會製作豪華的喜劇－芭蕾，豐厚的酬勞是莫理哀劇團重要的收入來源，且首演過後移到民間劇場演出，觀眾慕名而來，又帶來可觀的收入。

1660 年 10 月，小波旁廳因羅浮宮要改建門廊而被拆除，路易十四將位於「王宮」（le Palais Royal）[20] 中的戲劇廳撥給莫理哀劇團使用，稱爲「王宮劇院」，經過大整修，於翌年 1 月 20 日開幕。

接下來的幾年，莫理哀娶妻、生子，並寫了《妻子學堂》（1662）、《達杜夫》（1664）及《唐璜》（*Dom Juan*, 1665）三部五幕詩體大喜劇，部部針砭社會威權，不管是男權／夫權思想、虔信與僞信之爭、自由思想或褻瀆神明之辯，均嚴重打擊既有勢力的威信，引起軒然大波。

....

20　原稱為「主教宮」（le Palais-Cardinal），黎希留謝世後，收歸王室使用，路易十四年幼即住在此處，遂改稱為「王宮」。

2.3 邁向高峰

　　1662 年，40 歲的莫理哀與 20 歲的阿蔓德・貝加（Armande Béjart）結婚，她應是瑪德蓮的么妹，這對老少配後來出現問題，成爲日後莫理哀遭受人身攻擊的把柄。同年 5 月 8 日至 14 日，劇團首度受邀進駐聖日耳曼宮表演一星期，此後邀約不斷，莫理哀得寵的情形可見一斑。

圖 4　阿蔓德・貝加肖像。（Musée des Arts décoratifs）

　　12 月 26 日，《妻子學堂》首演，爲莫理哀的首部大喜劇，造成轟動。男主角阿爾諾夫（Arnolphe）怕戴綠帽，將孤女阿涅絲（Agnès）送進修道院，希望她永保純潔無瑕，最好天眞到無知，直到 17 歲要娶進門時才接出來。這種可怕的偏執，加上劇中質疑女性地位和基督教婚姻體制，幾句關鍵的曖昧對白也被抨擊流於粗

俗，不符合大喜劇應有的高雅格調，巨大的批評聲浪遂排山倒海而來，持續了一年之久。

莫理哀不甘示弱，翌年 8 月推出《妻子學堂的批評》（*La critique de l'école des femmes*）一劇回應；10 月，再製作《凡爾賽即興》（*L'impromptu de Versailles*）力駁非議。於今觀之，這兩部反擊之作顯示莫式風俗道德喜劇走在時代之先，未及爲時人所解。從戲劇文學史的觀點視之，從《妻子學堂》到《凡爾賽即興》三劇開創了嶄新的形式，最後一戲更開啓「後設戲劇」（métathéâtre）以戲論戲的編劇路線。

眼看批評屢被作者駁斥，不滿人士轉而攻擊莫理哀的私生活，指控他娶了情婦的女兒，甚至，他娶的女孩可能就是自己的私生女！同時，即使社會上流言擾攘，路易十四仍鼎力支持莫理哀，從 1663 年起每年固定給他一千鎊的文人津貼，直到莫理哀身故爲止，這是對他創作才華的肯定。不僅如此，1664 年莫理哀的長子出生，路易十四還當了孩子的教父 [21]，同年五月，《達杜夫》遭「聖體會」（la Compagnie du Saint-Sacrement）圍剿被禁演，五年後（1669）終於解禁登台時，轟動了整個巴黎。

2.4 從「憤世」到「慮病」

莫理哀登上事業巔峰，屢遭同行忌妒，又因作品挑戰惡勢力與守舊觀念而受到保守派圍攻，面對各種不利處境，始終奮鬥不懈、正面迎擊的他，隨著年紀漸長，創作漸趨謹慎。1666 年登台的《憤世者》（*Le misanthrope*）在暴露婚姻生活實景的陰影中，探討絕對眞誠在虛榮社會之可行性，後世視爲其平生傑作。劇中主角阿爾塞斯特（Alceste）一上台即痛罵社會的表裡不一，間接替

---

21 不過，這個孩子十個月大即不幸夭折。

作者發洩了對《達杜夫》被禁演之不滿，然而，原本期待看一齣好
笑喜劇而進場的觀眾，卻發現自己笑不出來，甚至被台詞字字譏
刺、句句打擊，招招見血，票房大受影響。

圖 5　莫理哀肖像，Pierre Mignard 繪。（Musée Condé）

　　莫理哀自此轉向，不再攻擊勢力龐大的組織，例如教會，轉而
探討特定個性與社會問題，如貪吝（《守財奴》，1668）、攀權附
貴（《喬治‧宕丹》*George Dandin*, 1668；《貴人迷》*Le bourgeois
gentilhomme*, 1670）、賣弄學問的知識分子及解放的女性（《女學
究》*Les femmes savantes*, 1672）等，劇中主角個性誇張到毫無理
智可言，令人啼笑皆非卻又弔詭地十分真實。再者，由於肺炎痼
疾，莫理哀接觸到一些招搖撞騙的江湖郎中，寫了《愛情是醫生》
（*L'amour médecin*, 1665）、《強迫成醫》（*Le médecin malgré*

lui, 1666）、《慮病者》（*Le malade imaginaire*, 1673）三部作品加以嘲諷[22]。

1672 年，莫理哀辭世的前一年，舊愛瑪德蓮・貝加病逝，九月次子出生，但不久夭折[23]。雪上加霜的是，莫理哀的新戲──王室委託創作的喜劇－芭蕾《慮病者》──製作過程很不順遂；在此之前，他作品中的音樂部分由呂力（Lully）作曲[24]，後者在 1673 年片面毀了和莫理哀分享歌劇創作權的約定，從國王處得到壟斷內含音樂的全部演出權利[25]。莫理哀被迫另找音樂家夏潘提爾（Marc-Antoine Charpentier）合作。

2 月 10 日，《慮病者》在王宮劇院首演成功，2 月 17 日演出第四場，主演阿爾岡（Argan）的莫理哀抱病登場，他強行發笑以遮掩身體抽搐的痛苦。戲一落幕即被迅速抬回家休息，但他不斷咳血，最後咳破血管而亡，來不及等到教士來為他主持棄絕演員職業的儀式，因而無法舉行宗教喪禮。經莫理哀遺孀進宮懇求，路易十四對巴黎大主教施壓，後者只得讓步，允許一代明星的遺骸葬在聖約瑟夫（Saint-Joseph）教堂墓園，條件是儀式只能入夜後進行。2 月 21 日晚上九點，莫理哀的葬儀在燭光與火把中禮成。

2.5 五大類創作

總計，莫理哀一生共創作了 31 齣作品，從他 1659 年底發表首部賣座之《可笑的才女》至 1673 年初逝世，在巴黎奮鬥前後 13 年，平均一年至少產出兩齣新作，搬上舞台，並擔綱主角，同時負責劇團行政，工作負擔甚鉅。

....

22　從創作初期，莫理哀即喜歡調侃、批評密醫，如《飛醫生》，在《唐璜》、《守財奴》等劇中也見到一些議論。
23　莫理哀只得一女 Esprit-Madeleine 長大成人，在莫理哀逝世後，遁入修道院。
24　如《艾麗德公主》、《德甫索那克先生》、《貴人迷》。
25　17 世紀的法國戲院在巴黎實施舞台表演的獨家壟斷制度，戲劇和音樂性演出各有專門的戲院經營，其他戲院不得擅自推出自己沒有演出權的節目。

　　這些創作可分爲下列五大類：

(1) 鬧劇

　　現存《巴布葉的嫉妒》（*La jalousie du Barbouillé*）、《飛醫生》（*Le médecin volant*）、《斯嘎納瑞勒或綠帽疑雲》、《強迫成醫》等四齣，前三齣是莫理哀早年摸索寫作的短劇，開啓了他的編劇事業。師承中世紀的庶民劇場傳統，莫理哀下筆常圍繞丈夫、太太和情夫的三角關係發展，角色不見心理刻劃，情節簡單，對白時而雙關，好戲盡在於靈巧的身體動作、猛揮的棍棒、瘋狂追逐、逗趣的鬼臉等肢體表演，莫理哀從義大利演員身上學到許多表演招數，把戲演得精彩爆笑。事實上，莫理哀不愧「全國第一鬧劇演員」令名，從《可笑的才女》到天鵝之作《慮病者》都可見到鬧劇的痕跡，他把原本粗鄙的民間戲劇提升到雅俗共賞的表演高度，使之大放異彩 [26]。

(2) 計謀喜劇（la comédie d'intrigue）

　　作品有《冒失鬼》、《愛情的怨氣》、《昂菲特里翁》（*Amphitryon*）及《史卡班的詭計》（*Les fourberies de Scapin*）。顧名思義，這類喜劇布局重情節機關，內容大抵不脫義大利喜劇的老套：一位脾氣暴躁的老父阻撓年輕戀人成婚，後者得到足智多謀的僕人幫忙，利用扮裝設局，造成系列錯認（méprise）與誤解的搞笑場面，最後有情人終成眷屬。《昂菲特里翁》改寫自羅馬喜劇泰斗普羅特（Plaute）劇本，主僕二人同時鬧雙胞，情節益顯錯綜複雜，這是計謀喜劇的賣點。

26　Cf. Bernadette Rey-Flaud, *Molière et la farce* (Genève, Droz, 1996), pp. 34-35.

(3) 喜劇-芭蕾

由於王室一再委託創作，莫理哀共寫了 14 部，幾占總作品量的一半，計有《討厭鬼》、《逼婚》（1664）、《艾麗德公主》、《愛情是醫生》、《梅莉塞爾特》（*Mélicerte*, 1666）、《西西里人或畫家之愛》（*Le sicilien ou l'amour peintre*, 1666）、《喬治‧宕丹》、《德甫索那克先生》（*Monsieur de Pourceaugnac*, 1669）、《講排場的情人》（*Les amants magnifiques*, 1670）、《貴人迷》（1670）、《浦西歇》（*Psyché*, 1671）、《艾絲卡芭娜斯伯爵夫人》（*La comtesse d'Escarbagnas*, 1671）及《慮病者》。這些作品篇幅不長，故事和角色簡單，精彩的是歌舞表演，製作豪華，爲今日音樂劇的雛形。王室首演過後，有不少齣在王宮劇院加演，是票房的保證，莫理哀一箭雙鵰，生意頭腦很好。

從表演形式看，喜劇-芭蕾的娛樂性質往往使人忽略其重要性。事實上，西方戲劇從亞里斯多德頌揚文學性戲劇起，其後兩千多年獨尊的是「去戲劇化」之戲劇，表演因素全然不在考慮之列，一本正經，既無身體也無音樂，完全漠視舞台表演之光與熱。杜彭（Florence Dupont）教授即指出喜劇-芭蕾一如羅馬喜劇，有效地反擊了這種菁英、閱讀式的劇場，舞台演出有其非比尋常的意義[27]。

(4) 批評的喜劇

爲了駁斥對《妻子學堂》的惡意評述，莫理哀連續寫了《妻子學堂的批評》和《凡爾賽即興》，表達他對劇創及表演的看法，《凡爾賽即興》更開發出新的劇種[28]。

---

[27] *Aristote ou le vampire du théâtre occidental* (Paris, Flammarion, 2007), pp. 242-61.
[28] 20 世 紀 就 有 Jean Giraudoux (*L'Impromptu de Paris*, 1937)、Ionesco (*L'Impromptu de l'Alma*, 1956)、Jean Cocteau (*L'Impromptu Palais Royal*, 1962) 等人的新作。

(5) 風俗道德與個性喜劇

　　《可笑的才女》、《先生學堂》、《妻子學堂》、《唐璜》、《憤世者》、《達杜夫》、《守財奴》、《女學究》都屬於這類作品，莫理哀藉由喜劇析論重要的道德與個性偏差問題。在形式上，這類喜劇採大喜劇結構，意即五幕符合古典戲劇規範的詩劇，情節統一，故事好笑但深刻，意涵嚴謹。不過，莫理哀編劇不太循規蹈矩，《唐璜》和《守財奴》直接用散文書寫，而《妻子學堂》則一如上述被抨擊為不守道德紀律。莫理哀的風俗道德喜劇仍帶有鬧劇和計謀喜劇的特質，插科打諢或揮打棍棒逗觀眾大笑的場景仍然可見，但是這些手段目的在揭露主角個性上的缺點，諸如盲信、偽善、鄙吝、偏執等，旁及社會風俗道德，如婚姻制度、女子教育、虛仁假義，並非純粹搞笑。

　　為了諷世，莫理哀塑造寫實到逼真的角色，他們來自社會的不同階層，各有明確的身分地位和職業，由此建立劇中社會確實的背景。主角個性看似天真，卻常出現矛盾的心理糾結，例如標榜正直誠信的憤世嫉俗者愛上貪慕浮名的女人，或刻薄的吝嗇鬼想娶沒有嫁妝的窮女子等等。這些衝突面向使得角色產生心理深度感，主角偏差的個性透過誇張的喜劇手段披露，觀眾既得到娛樂又有所領悟。

　　另一方面，莫理哀藉由劇中的「講理者」（raisonneur）[29] 一角，和偏執的主角辯論，企圖將他拉回中庸之道，達到「教育」觀眾的目的，這是他編劇的初衷。也因為莫理哀擅長寓嚴肅意旨於喜劇動作中，作品經常悲喜難分，劇情進展到匆促的結局，喜劇往往已距悲劇不遠。

....

29 或譯為「說教者」、「好辯者」，在詮釋傳統上一般被視為作者的代言人，或者是中道的代言者。但近代開始出現質疑其中庸之道的觀點，如《慮病者》中的 Bérald 一角，其言詞之偏激不下於主角。

3. 17 世紀的法國劇場建築

　　法國戲劇在 17 世紀末邁向高峰，名家輩出，迭有佳作，理論
完備，引領全歐戲劇思潮，但在世紀之初，相較於鄰邦英國或義大
利，仍處在相對落後的狀態。就劇場建築而言，巴黎市前後總共才
五家。莫理哀 1658 年回到首都時，巴黎只有布爾高涅府以及瑪黑
兩大劇院。

　　布爾高涅府由成立於 1402 年的「耶穌受難協會」（la
Confrérie de la Passion）[30]在 1548 年興建，是歐洲自羅馬帝國滅亡後
蓋的第一家公立劇院，位在今日艾廷恩－馬塞爾路（rue Etienne-
Marcel）52 號，原先專演道德劇、鬧劇，享有首都的戲劇獨演專
利。後來道德劇被禁演，受難協會把劇場租給其他劇團使用，坐收
權利金。

　　後世對 1647 年整修前的布爾高涅府所知不多，整修後的舞台
面寬 13.5 公尺，深 14 公尺，一樓觀眾席為男性觀眾限定的站位
區（parterre），長 14 公尺，寬 9 公尺，票價低廉，其後有階梯式
觀眾席（amphithéâtre），深 3 公尺，二、三樓為包廂，供貴族和
女眷使用，總座位數應有一千個[31]。受封「皇家劇團」（la Troupe
royale），布爾高涅府每年有一萬兩千鎊津貼，隨著鬧劇三寶圖
呂班、高提耶－高吉爾和胖－紀隆凋零，逐漸放棄鬧劇，改演悲
劇，在 1647-1680 年間聲譽蒸蒸日上，侯圖、高乃依兄弟以及拉辛
的劇作均在此盛大首演，培養了一代悲劇明星，如莫理哀在《凡爾
賽即興》中諷刺的蒙弗勒里（Montfleury）。

　　1629 年，蒙多利（Montdory）帶著劇團來巴黎發展，推出高
乃依的處女作《梅力特》（Mélite），得到矚目。1634 年，他租

30　由掛毯商、服飾用品商、食品雜貨商、社會顯貴等中產階級所組成。
31　Pasquier et Surgers, *op. cit.*, pp. 56-57.

了位在瑪黑區的網球館，將其改建爲劇院，在今日的維埃耶篤寺
（Vieille-du-Temple）路上，十年後因火災再度改建，舞台面寬
12.7公尺，深11.7公尺，觀眾席長約25公尺[32]，其結構和布爾高涅
府大同小異。瑪黑劇院年領六千鎊津貼，最轟動的演出是高乃依的
悲喜劇《席德》（1637）。後蒙多利生病，劇院連續發生天災人
禍，經營方向丕變，轉型表演大型機關劇，採神話素材，輔以歌舞
及舞台機關，製作奢華，大受觀眾歡迎，走出一條新的表演路線。

　　除以上兩家公用劇院外，巴黎還有三處表演場所位於原王公貴
族宅第之內 —— 機關廳（la Salle des Machines）、小波旁廳和王宮
劇院。機關廳位於杜樂麗（Tuileries）宮側翼，由馬薩林找來義大
利的維高拉尼（Gaspare Vigarani）設計，1662年開幕，後因空間
太大[33]且聽覺效果不佳而鮮少使用[34]。小波旁廳和王宮劇院則由義大
利劇團和莫理哀劇團輪用。小波旁廳位在今日的羅浮廣場上，長
35公尺，寬15公尺，舞台深15.6公尺，二、三樓爲包廂。義大
利劇團每年得到一萬六千鎊津貼，以假面喜劇見長，由於是用母語
表演，不免誇張身體動作、手勢和面部表情，生動有趣，深受觀眾
喜愛。

32　*Ibid.*, pp. 62-63.
33　劇場雖僅寬52英呎（15.8公尺），但長232英呎（70.7公尺），觀眾席僅佔92英呎（28
　　公尺），所餘140英呎（42.7公尺）為舞台深度，是當時歐洲最大的戲院，Oscar G.
　　Brockett, *History of the Theatre* (Boston, Allyn and Bacon, 1982), p. 260。
34　Cf. Wendell Cole, "The Salle Des Machines : Three Hundred Years Ago", *Educational
　　Theatre Journal*, vol. 14, no. 3, October 1962, pp. 224-27.

圖6　王宮劇院內，黎希留陪同路易十三和王后看戲。（Musée des arts décoratifs）

　　1660 年，莫理哀和義大利劇團雙雙遷入王宮劇院，這是黎希留在自己官邸蓋的劇場，有大、小兩廳[35]。大廳 1641 年開幕，長 35.1 公尺，寬 17.5 公尺[36]，是法國第一家建有鏡框、可使用側翼景片的戲院，兩層未分隔的樓座環繞整個表演廳。黎希留逝世後，繼任的馬薩林主教喜愛義大利歌劇，召來知名的義大利舞台設計師托瑞里（Giacomo Torelli）協助演出製作，並改裝舞台，加裝輪車與長桿（chariot-and-pole）換景系統，能輕易製作舞台機關劇，所費不貲，遭到批評。但從戲劇史角度視之，托瑞里令人稱奇的舞台換景技術，將 1630 年代仍停留在中世紀表演傳統[37]的法國劇場，一舉提升到當年最先進的技術。

<hr />

35　小廳因無獨立的出入口，較不為人所知，用來表演芭蕾舞，Philippe Cornuaille, *Les décors de Molière 1658-1674* (Paris, Presses de l'université Paris-Sorbonne, 2015), p. 69。

36　Pasquier et Surgers, *op. cit.*, p. 70.

37　沿用「景觀站」（mansion）同時並呈的方式。

　　莫理哀進駐王宮劇院時，劇場已年久失修，幾成廢墟狀態：三根主樑腐爛、屋頂坍塌，路易十四下令整修，但因工程急就章，施工品質不良，使用時問題頻頻，有超過十年的時間，劇團是在「一大片由繩子拉住的藍色帆布」下演戲[38]！在莫理哀的要求下，舞台重新鋪面，寬 16.6 公尺，深 9.75 公尺，一樓觀眾席改建爲站位區，寬 11.7 公尺，深 7.8 公尺，其後有階梯式觀眾席，二、三樓各分成 17 個包廂。莫理哀持續使用這個劇院直至病逝，《守財奴》即在此製作演出。

　　上述巴黎主要劇院間競爭激烈，爲求勝出，常不惜互相挖角、爭相籠絡賣座的劇作家（如高乃依、拉辛），激烈時甚至大打人身攻擊的口水戰。不過，最常見的策略是直接模仿競爭劇團賣座的劇目，例如眼見莫理哀之《可笑的才女》大紅，布爾高涅府立即推出《眞正的才女》（*Les véritables précieuses*, Somaize）應戰；而當莫理哀推出《凡爾賽即興》揶揄競爭對手蒙弗勒里的誇大演技時，後者的兒子不甘示弱，即刻寫了《孔德府即興》（*L'impromptu de l'Hôtel de Condé*）回擊，當時劇場之蓬勃由此可見[39]。

4.《守財奴》寫作背景

　　《守財奴》讀來妙趣橫生且意義深刻，可說是一齣上乘的喜劇。此劇源於羅馬喜劇作家普羅特之《一鍋黃金》（*Aululria*）[40]，

---

38 一直到 1671 年 3 月才又大整修一次，解決了天花板的問題，La Grange, *Registre*, 15 mars 1671, *Oeuvres complètes*, de Molière, dir. Georges Forestier, vol. II (Paris, Gallimard, «Pléiade», 2010), p. 1130.

39 另一個出名的例子則是鬧雙胞的《費德爾》（*Phèdre*），話說 1677 年元旦，拉辛的名劇以《費德爾與依包利特》（*Phèdre et Hippolyte*）之名在布爾高涅府首演，兩天後，一位與拉辛素有嫌隙的劇作家普拉東（Nicolas Pradon）也推出同名劇本。有心人士乘機誹謗、中傷拉辛，普拉東的表演聲勢竟然超越拉辛！這個局面雖然只維持了幾個月，普拉東之作從此被束之高閣，無人聞問，然而拉辛心灰意冷，從此遠離舞台。

40 原意爲「砂鍋」，劇中主角發現了一個裝滿黃金的砂鍋，故中文一般譯爲《一鍋黃

莫理哀讀的是馬侯斯（Michel de Marolles）的法文新譯本（1658），其標題爲《一鍋黃金或吝嗇鬼》（*L'aululaire ou l'avaricieux*），副標題爲簡潔的「L'Avare」一字，莫理哀沿用此字作爲劇作標題，主角之名阿巴貢（Harpagon）也出自馬侯斯的譯本。

「Avare」源於拉丁文「avarus」，意指一種強烈的保存欲望，特別是指不停積聚、越積越多的欲望，到 15 世紀，演變成「熱愛金錢、不停積攢者」。流傳至今，此字的意義更爲明確，指「有錢但拒絕花用者，即使是必須的支出」[41]，此間重點有二：坐擁財產、一毛不拔，即中文的「守財奴」。主角名字「harpagon」源於希臘文「arpazw」，意思是「抓住」、「攫取」、「搶奪」，演變成拉丁文的「harpago」一字，是指攫住東西的「鐵鉤」，充分展露阿巴貢個性之貪得無厭，不僅將錢財緊抓在手，讓進不讓出，必要時巧取豪奪也在所不惜，符合他放高利貸的個性設定。

從一個義大利假面喜劇的丑角人物潘大龍（Pantalone），化身爲法國 17 世紀中產階級家庭的一家之主，阿巴貢本性貪婪，知道要以利滾利，可視爲早期的資本家[42]。這位金錢的奴隸身陷情網，並且無視自己偌大年紀，和兒子同爭一位年輕女子爲妻；另一方面，女兒的救命恩人爲了一親芳澤，隱姓埋名、紆尊降貴進到心上人家中擔任管家。莫理哀很有技巧地安排這父－子－女三條愛情線同時並進，金錢主題交纏其中同行，配上一群各具特色的幫傭，還有捐客和媒人助陣，情節動作饒富變化，趣味盎然。

金》。

41　Cf. *Le petit Robert* et *Le petit Larousse*.
42　這是對阿巴貢比較正面的看法，見 James F. Gaines, *The Molière Encyclopedia* (Westport, Conn., Greenwood Press, 2002), p. 13；一些當代導演也贊同此解，並以此作爲演出的立基，如 Roger Planchon 1999、Ivo van Hove 2011 的演出，分別見本書〈法國演出史〉第 5 及第 8.2 節。

　　然而，主角動輒爲錢翻臉，視錢財重於生命，最後「窮得只剩下錢」，家庭爲之解體，這是多少家庭眞實的寫照？由此看來，本劇應是齣人倫大悲劇。錢財和愛情正是人生兩大課題，家庭關係則人皆有之，更何況「守財奴」實爲典型人物（archétype），此劇之永恆切題性使其列名文學經典。

　　說來奇怪，如此一部文學傑作，由於超乎新古典主義編劇慣例，歷來評價經常語帶保留，19 世紀下半葉的知名劇評家沙塞（Francisque Sarcey）之言可爲代表：「在莫理哀的大作中，這是一部較弱的作品：有些部分值得讚賞，而且全劇充滿煥發耀眼光芒的場景，留存在所有觀眾的記憶中；〔全劇〕缺的是整體性」[43]。換句話說，作爲一部經典，《守財奴》編劇邏輯是否前後一貫，有討論的空間。

4.1 用散文編劇

　　《守財奴》於 1668 年 9 月 9 日在王宮劇院首演，票房只有 1,069 鎊，遠不及莫理哀其他大喜劇首演的成績。第二場演出收入降到 495 鎊，接下來的票房也未見起色，演到第七場（10 月 2 日），票房更降到 271 鎊，之後每下愈況[44]。這是個奇怪的現象，因爲根據 9 月 15 日的演出報導：觀眾從頭笑到尾，劇情充滿新鮮事件，由一個「絕佳的劇團」完美演出[45]。11 月，莫理哀赴聖日耳曼王宮盛大公演此劇以及《喬治・宕丹》，所有貴族更是從頭笑到尾，「毫不節制」（sans épargne）[46]。

....

43　*Quarante ans de théâtre (Feuilletons dramatiques)* (Paris, Bibliothèque des Annales Politiques et Littéraires, 1900-02), p. 128.

44　La Grange, *op. cit.*, p. 1114.

45　Robinet, "Lettre en vers à Madame du 15 septembre 1668", notice consultée en ligne le 19 octobre 2015 à l'adresse : http://moliere.paris-sorbonne.fr/base.php?Robinet%2C_Lettre_en_vers_%C3%A0_Madame_du_%31%35_septembre_%31%36%36%38.

46　Robinet, "Lettre en vers à Madame du 10 novembre 1668", notice consultée en ligne le 19 octobre 2015 à l'adresse : http://moliere.paris-sorbonne.fr/base.php?Robinet%2C_Lettre_en_vers_%C3%A0_Madame_du_%31%30_novembre_%31%36%36%38.

　　在莫理哀生前，這個劇本始終得不到一般觀眾青睞，只上演過
50 次，但令人驚訝的是，《守財奴》在莫理哀過世後卻廣受歡迎，
從 1680 至 2008 年，在「法蘭西喜劇院」（la Comédie-Française）
的演出場次高達 2,491 場，僅次於《達杜夫》（3,115 場）[47]。

　　17 世紀巴黎的市民爲何不喜歡《守財奴》呢？莫理哀的首部
傳記作者葛里馬瑞斯（Grimarest）認爲是由於這齣五幕大喜劇未
依照慣例使用詩體，引發一些觀眾和學究的不滿[48]，這個說法至今
仍未成爲共識。一方面，上述演出報導已說明，此劇雖用散文寫
就，文筆卻「是如此地戲劇化」，幾可視爲詩作[49]。

　　確實，《守財奴》的散文台詞極具韻律感，在情人及兄妹互訴
衷曲的場次（一幕一景與二景、三幕七景及四幕一景），台詞的節
奏與音樂性無異於詩。例如，開場白即可分行如下：

　　　　　　　　　　　　　　　　　　　　　　　　　　　音節數

Valère：Hé quoi, charmante Elise,	6
vous devenez mélancolique,	8
après les obligeantes assurances,	10
que vous avez eu la bonté,	8
de me donner de votre foi ?	8
Je vous vois soupirer, hélas,	8
au milieu de ma joie !	6
Est-ce du regret, dites-moi	8
de m'avoir fait heureux ?	6

47　Frédérique Brunner, Mélanie Petetin et Marjorie Saclier, "Statistiques du répertoire de la Comédie-Française", *La Comédie-Française : L'avant-scène théâtre*, hors série, novembre 2009, p. 57.
48　Grimarest, *op. cit.*, p. 39；不過此傳記在莫理哀死後半個世紀才出版。
49　Robinet, "Lettre en vers à Madame du 15 septembre 1668", *op. cit.*

> Et vous repentez-vous de cet engagement　　　　12
>
> où mes feux ont pu vous contraindre ?　　　　　8

更何況，這些文雅的台詞還用了佩脫拉克式（pétrarquiste）的隱喻（"mes feux"，直譯爲「我的熱火」）、似非而是的說詞（"soupirer〔...〕au milieu de ma joie"，直譯「在我滿心歡喜中〔……〕嘆息」）、迂迴的措辭（"les obligeantes assurances que vous avez eu la bonté de me donner de votre foi"，「承蒙您殷勤的好意確實地給了我愛的承諾」，意即訂婚）[50]。而在綿綿情話以外的台詞，語調雖然較爲直白，但同樣具明顯的節奏感。

　　既然如此，爲何莫理哀不乾脆用詩編劇呢？一般認爲是他來不及。莫理哀當年一月推出《昂菲特里翁》，票房很好；7月15日在凡爾賽宮首演喜劇－芭蕾《喬治·宕丹》，風評也不錯，但估計光靠這兩齣戲難以支撐到年底，而《達杜夫》還沒解禁，莫理哀必須在六個星期內，在劇場重新開門營業時推出一齣新戲應急，《守財奴》於焉登場，但未及將台詞化成詩體[51]。不過查閱演出紀錄，《喬治·宕丹》11月9日才在王宮劇院上演，假設莫理哀當眞來不及將《守財奴》改寫爲詩劇[52]，大可先推出《喬治·宕丹》以爭取時間。

　　儘管不排除創作時間匆促的因素，近來一些學者則逆向推理，認爲莫理哀應是刻意使用散文體，特別是「具韻律的散文」

50　Georges Forestier et Claude Bourqui, "*L'Avare* : Notice", *Oeuvres complètes, op. cit.*, p. 1332.

51　相同的例子是《艾麗德公主》，由於路易十四給的創作時間太短，全劇只有第一幕使用詩體，其他兩幕仍用散文。在17世紀，連報刊（*La gazette*）的劇評都是用詩寫的，如上述 Robinet 的報導，是否用詩寫劇本並非無關緊要，見 Fernand Angué, "La comédie de *L'Avare*", *L'Avare* (Paris, Bordas, «Univers des lettres», 1972), p. 14。

52　《守財奴》直到1775年才由 Gabriel Mailhol 改編成詩劇，名為 *L'Avare, comédie de Molière en cinq actes, mise en vers, avec des changements*，但直到1813年才首演，並未引起跟風，無法和 Thomas Corneille 1677年的《唐璜》改寫詩本相較，後劇在20世紀前成為通行的版本。

（prose cadencée）。他之前已在一些喜劇－芭蕾中用散文，如《西西里人》、《醫生之愛》和《喬治・宕丹》，此外《唐璜》也用散文編劇[53]，符合他師法自然的目標，且較適合《守財奴》的社會寫實背景及道德批評，當更能展現他在編劇上的突破[54]。

回到首演票房不佳的問題，從行銷觀點看，《達杜夫》於翌年二月解禁，旋即造成轟動，票房歷久不衰，此時想要再回頭促銷《守財奴》，自是難上加難了[55]。

4.2 靈魂之疾

深信「喜劇的責任在於透過娛樂改正人的錯誤」，莫理哀深信最好的方法就是「以滑稽的描繪，攻擊當世之惡」[56]。當他為了編寫《昂菲特里翁》而讀到《一鍋黃金或吝嗇鬼》時，後劇提供了他針砭偏差的人性，又不至於引發既有勢力反撲的絕佳素材。需知慳吝往往涉及貪婪，為一種病態的金錢囤積執念[57]，對個人和社會均會造成大害。

從遠古時代開始，貪吝向被視為惡習，稱之為「靈魂之疾」，聖經譴責為傷風敗俗的激情，天主教則視為七大罪行之一，聖保羅分析道：「貪財是萬惡之根。有人貪戀錢財，就被誘離了真道，用許多愁苦把自己浸透了」[58]。不僅如此，吝嗇更是其他所有惡習的源頭，諸如貪求無厭、不公不義、暴力行為、非人性、褻瀆宗教

---

53 因是改寫神話，且劇中用到舞台機關，接近機關劇，不是真正的大喜劇，所以放寬詩體標準。
54 見下文第五節「多面相的劇本」。
55 Georges Couton, "Notice de *L'Avare*", *Oeuvres complètes*, de Molière, vol. II (Paris, Gallimard, «Pléiade», 1971), p. 508.
56 "Premier placet présenté au roi, sur la comédie du *Tartuffe*", *Oeuvres complètes*, éd. Forestier, *op. cit.*, p. 191。這點是莫理哀談喜劇創作表達最清楚的立場，他雖曾數度聲稱要提出自己的喜劇理論（見《可笑的才女》、《討厭鬼》、《妻子學堂》序言），但最後並沒有實現諾言。對他而言，最重要的是觀眾要喜歡他的作品，因此考量的都是實際層面的問題，參閱《妻子學堂的批評》、《凡爾賽即興》。
57 Cf. Thierry Gallois, *Psychologie de l'argent*, Paris, L'archipel, «J'ai lu», 2003.
58 〈提摩太前書〉第六章第十節。

等。如此直至 17 世紀，神學家、傳道者、倫理學者、文人等均口
誅筆伐，不遺餘力。

　　論及吝嗇之惡，當代學者派特森（Jonathan Patterson）歸結爲
三個關鍵字：熱情、惡習（vice）、罪行（sin）。吝嗇始於一種對
金錢失常的熱情，造成個人靈魂腐化，產生道德爭議；貪饞逐漸惡
化，變成一種惡習，對個人和周圍的人造成傷害；最後因崇拜金
錢──而非神，遠離世人的懷抱而被視爲一種罪行 [59]。在莫理哀之
前，貪吝早已是法國文學的重要主題之一 [60]。

　　不同於普羅特筆下的小氣鬼只是錙銖必較而已，阿巴貢還放高
利貸，直接造成社會問題，巴斯卡已在《致外省人書信》（Lettres
provinciales, 1656）的第八章大加譏刺。高利貸是當年的社會問
題，1665 年 12 月，財政大臣考貝爾發布命令把放貸利率從 6.25%
降低至 5%；而且爲了防止法條被濫用，放貸必須正式申報，不准
私下進行，可見問題之嚴重。但阿巴貢不僅透過掮客西蒙進行地下
放貸，且開出的利率高達 40%！兒子克萊昂特不禁氣得咒罵他是
「劊子手」，「爲了多賺幾分利息，還要不入流的手段，行事比最
臭名昭彰的吸血鬼更下流」。一如僞善，吝嗇成爲莫理哀世紀的主
要罪惡之一。

　　從另一個角度看，小氣財神如潘大龍，在 17 世紀屬於喜劇角
色範疇，莫理哀的觀眾一定聽得出對白的喜劇指涉。例如三幕一
景，廚子說的一長段關於阿巴貢的各種小氣故事，出自當年的暢
銷書──維阿拉迪（Francesco M. Vialardi）所著的《談最知名的
吝嗇協會》（Della famosissima compagnia della Lesina, 1598），
翻譯成法文爲《知名的吝嗇協會，或錐子，即如何節省、獲得、

....

59　Jonathan Patterson, *Representing Avarice in Late Renaissance France* (Oxford University
　　Press, 2015), p. 38 ; cf., Forestier et Bourqui, "Notice de *L'Avare*", *op. cit.*, pp. 1315-17.
60　Patterson, *op. cit.*, Ch. 2-5.

保住的方法（……）》（*La Fameuse Compagnie de la Lésine, ou Alène, c'est-à-dire la manière d'épargner, acquérir, conserver* (...)），1604 年發行。這本滑稽書諷刺一群鐵公雞，他們為了省錢而自己修鞋，因此選了「錐子」（義大利文為 lesina）當標誌，「lésine」（吝嗇）一字從此引進法國。

此書掀起了同類型書籍的出版風潮，形成了詼諧的吝嗇文學傳統[61]。劇中阿巴貢教導傭人如何打掃室內、擦拭家具、如何在客人面前遮掩制服的髒汙，或扣剋牲畜的吃食、一僕身兼兩職（廚子兼車夫）、節制飲食，乃至於苦勸兒子省用假髮、節用緞帶繫褲頭等細節，均出自這些暢銷書。

4.3 劇情故事來源

《守財奴》的情節來源很多元，在林林總總曾被視為對《守財奴》造成影響的作品中，前文提及之羅馬喜劇《一鍋黃金》最為明確。此劇鋪展一個儉吝的窮老頭厄克里翁（Euclion）意外得到一鍋子的黃金，為此惶惶不可終日，寢食難安，深怕被人偷走。一開場，他就懷疑老女傭史塔菲拉（Staphyla）[62] 可能知情而揍人（《守財奴》一幕三景）。

厄克里翁富有的鄰居梅高鐸（Mégadore）恰巧過來求親，厄克里翁懷疑對方知道自己一夕暴富而有此議，但仍和梅高鐸達成結婚協定：女兒費德拉（Phèdra）無嫁妝當晚出嫁（《守財奴》一幕四景）。不過兩人均不知道費德拉已被一酒醉男子——梅高鐸的姪兒李孔尼德斯（Lyconides）——強暴且臨盆在即。這時為了準備

61　Cf. *Continuation des canons et statuts de la fameuse Compagnie de la Lésine* (1604)；*La Contre-Lésine, ou plutôt Discours, constitutions et louanges de la libéralité [...] augmenté d'une comédie intitulée : Les Noces d'Antilésine* (1628), Forestier et Bourqui, "*L'avare* : Notice", *op. cit.*, p. 1330；Jacques Chupeau, "Préface", *L'avare* (Paris, Gallimard, «Folio Théâtre», 1993), pp. 36-37.
62　所有自由的人都可以請幫傭，包括窮人。

婚宴，來了一群廚子討論使用鍋具的問題，厄克里翁疑心再犯，把他們通通趕走，再換地方藏匿他的寶貝，不料被李孔尼德斯的奴隸史托羅畢耳（Strobile）撞見。疑神疑鬼的厄克里翁把史托羅畢耳全身上下搜索一番，並要對方伸出手讓他檢查，甚至叫他伸出「第三隻手」（《守財奴》一幕三景）。厄克里翁第三度改換藏金處，不幸仍被史托羅畢耳偷走（《守財奴》四幕六景）。發現自己遇竊的厄克里翁放聲哀鳴（《守財奴》四幕七景）。

　　得知費德拉將臨盆，李孔尼德斯趕來想彌補過錯，願意代替他的叔叔迎娶費德拉，而厄克里翁則懷疑李孔尼德斯就是偷走黃金的竊賊，兩人雞同鴨講了一番（《守財奴》五幕三景）。最後史托羅畢耳以交還黃金作為恢復自由身的條件，李孔尼德斯同意，並將金子還給了未來的丈人[63]。

　　在《一鍋黃金》之外，莫理哀應該也知道博侯貝（Boisrobert）之《美麗的原告》（*La belle plaideuse*, 1655）、夏皮柔（Chappuzeau）之《受騙的吝嗇鬼或稻草人》（*L'avare dupé ou l'homme de paille*, 1663）[64]、阿里奧斯托（Ariosto）的《冒牌者》（*I suppositi*, 1509）等三劇。在《美麗的原告》中，主角的中產階級背景、缺錢的兒子碰巧找上放高利貸的父親借錢，後者用一堆舊貨抵所貸款項（《守財奴》二幕一景）、兩位女主角相約去逛市集、奄奄一息的瘦馬（三幕一景）等情節都出現在莫劇中。夏皮柔在該劇中重用一名「詭計多端的女人」呂菲芬（Ruffine），可能給了莫理哀創造弗西娜一角的靈感[65]。至於《冒牌者》的影響，在《守

63　原劇本結局散佚，15 世紀時，Urceus Codrus 續補：李孔尼德斯與費德拉結婚，厄克里翁將失而復得的黃金轉贈這對新人。值得注意的是，在莫理哀時代，無人曾提及《一鍋黃金》這個來源，雖然《昂菲特里翁》首演時，Robinet 曾大篇幅報導此劇出自羅馬喜劇。一直到 1688 年 François de Callières 才在 *Histoire poétique de la Guerre entre Anciens et Modernes* 一書首度提到這個出處，Claude Bourqui, *Les sources de Molière : Répertoire critique des sources littéraires et dramatiques* (Paris, SEDES, 1999), p. 218。
64　後名為《詭計多端的女人或小氣財神》（*La dame d'intrigue ou le riche vilain*）。
65　Bourqui, *op. cit.*, p. 222.

財奴》中，女兒的情人假扮成下人混入主角家中當差，阿巴貢被讚美保養得宜，可以活到百歲（二幕五景），瓦萊爾引用古人名言（「人是爲了生存而吃，不是爲了吃而生存」，三幕一景）等，都和《冒牌者》大同小異[66]。

《守財奴》的素材可能確實來自上述劇本或其他作品[67]，18 世紀的義大利演員里克包尼（Riccoboni）甚至直指劇中由莫理哀自己發想的情節只有四景[68]。究其實，莫理哀時代的戲劇不避諱常規（convention）與俗套，千篇一律的故事、類型化的角色比比皆是且司空見慣，許多被視爲有可能啓發並影響《守財奴》的劇本，不無可能純屬巧合。

5. 多面相的劇本

《守財奴》以吝嗇爲題，布局卻交織三條愛情故事線，其間又穿插下人的逗笑場面，最後超乎常理的大團圓更令人匪夷所思，情節的合理性[69]，以及本質究竟是喜劇或悲劇，歷來頗多爭議。要解決這些爭論，除回溯作品來源之外，應了解 17 世紀流行的文類。作爲一齣大喜劇，《守財奴》因兼具鬧劇、浪漫小說、計謀喜劇、道德與個性喜劇的特點，且情節背景寫實但結局卻走向超現實，確實如薛黑所言：處在「奇怪的十字路口上」[70]，值得進一步檢視。

---

66 *Ibid.*, pp. 231-33.
67 *Ibid.*, pp. 213-45.
68 Forestier et Bourqui, "*L'Avare* : Notice", *op. cit.*, p. 1319。不過，里克包尼的結論亦遭人反駁，莫理哀雖然沿用許多假面喜劇的傳統，但也從中翻新，創造出自己的喜劇套路，因此是否涉及「抄襲」，其實不易斷定。
69 主要參考 Marcel Gutwirth, "The Unity of Molière's *L'Avare*", *PMLA*, vol. 76, no. 4, 1961, pp. 359-66。
70 Jacques Scherer, "*L'avare* : un carrefour d'étrangetés", *Comédie-Française : L'Avare. Molière*, no. 177, juin 1989, p. 21.

(1) 浪漫的愛情小說

　　兩對年輕戀人的愛情故事源自當年流行的言情小說，許多文雅、迂迴、造作的語彙也出自當時的文藝用語。和吝嗇主題的喜鬧情節相較，這兩段常被後人認為淡而無味的戀愛故事，實則為尖銳的劇情指涉提供了理想化的對照[71]。

(2) 計謀喜劇

　　本劇故事依照當時盛行的義大利喜劇進行：一位老父反對兒女婚事，幸賴一個聰明僕人施展巧計，有情人終成眷屬，莫理哀之《史卡班的詭計》即循此模式編劇。這也說明了為何本劇父子同時愛上的女主角偏偏是個窮女子，如此一來，阮囊羞澀的情人就必須仰仗一個智僕施展連串妙計，好從老爸那兒騙錢；只不過碰到一個手頭異常緊的老爸，只能下手偷[72]。

　　不過，《守財奴》中的阿箭雖為克萊昂特找來融資掮客西蒙，父子因而狹路相逢；劇中最重要的物件——阿巴貢的錢箱——也是被他偷走，克萊昂特不利的戀情方得以翻盤。但是阿箭只在這兩處出現，作用也僅限於此，史卡班則操縱全局／全劇，兩人的重要性無法相比。而另一自承靠耍詭計討生活的弗西娜，她設想的布列塔尼冒牌貴婦計策流於紙上談兵，嘎然而止。最重要的是，本劇結局靠的是「解圍之神」（deus ex machina），而非詭計奏效的結果，可見這並非一齣計謀喜劇，只是帶有這類喜劇側重動作及情節機關的色彩。

71　Jacques Morel, "Commentaires : Analyse de la Comédie", *L'Avare : Comédie 1668* (Paris, Librairie générale française, «Le livre de poche», 1986), p. 136.
72　Forestier et Bourqui, "*L'Avare* : Notice", *op. cit.*, pp. 1321-22.

(3) 假面喜劇

　　本劇諸多情節出自鬧劇傳統，特別是義大利假面喜劇，例如瓦萊爾為了愛情而隱藏身分來當阿巴貢的管家，是假面喜劇常用的布局[73]。此外，莫理哀更重用假面喜劇的「表演套路」（lazzo），這基本上是配合劇情需要而設計的成套喜劇動作，充滿動感與技法，以逗觀眾發笑為目的。例如常見的棒打，或特別手勢、搶東西（如搶鑽戒）；也可以是模仿、假扮，或表達某種情緒如驚訝、恐懼、尷尬、忌妒、疑神疑鬼等；或者是詼諧的言語，例如荒誕的推論、可笑的清單（二幕一景以實物抵貸款）、張冠李戴（quiproquo）、雞同鴨講（五幕三景）；或者是針鋒相對（一幕四景父女鬥嘴、二幕二景父子衝突）等。這些套式動作或語言表現可能和劇情不直接相關，卻是假面喜劇表演時觀眾高度期待的好戲，能將喜劇情境發揮得更好玩[74]。

　　進一步言，在矛盾情感的表現方面，二幕五景阿巴貢面對媒人弗西娜一下子態度嚴肅（提到借錢），一下子又笑容可掬（談到瑪麗安），即為標準的表演套路。其他還有假和解（雅克假意調解父子爭執）[75]、重覆（一幕四景阿巴貢學女兒屈膝行禮[76]、下一景的「不要嫁妝」[77]）、模仿（三幕一景阿巴貢向僕人示範在接待客人時如何遮掩制服上的油汙）、威脅與挑戰（三幕二景雅克持棍一路威逼瓦萊爾退到舞台邊，接著棍子輾轉落入瓦萊爾手中，換他威逼雅

73　如《背叛者》（*Il tradito*）系列腳本：雷力歐（Lelio）愛上威尼斯銀行家潘大龍的女兒，因而哄騙潘大龍以贏得他的信任，不料引起僕人阿樂根（Arlequin）嫉妒，憤而偷主人的錢，再誣控雷力歐為小偷；潘大龍指控雷力歐，但因語句模糊曖昧，雷力歐誤以為潘大龍指的是自己的意中人，順勢傾訴對女主角的熱情，兩人雞同鴨講，Bourqui, *op. cit*., p. 223。

74　Cf. Claude Bourqui et Claudio Vinti, *Molière à l'école italienne : Le "lazzo" dans la création moliéresque* (Torino, L'Harmattan Italia, 2003), chap. I "Qu'est-ce qu'un Lazzo?", pp. 17-25.

75　*Ibid*., p. 138.

76　*Ibid*., p. 100.

77　*Ibid*., p. 102.

克）[78]、懷疑（一幕四景阿巴貢疑心兒女聽到自己自言自語、二幕三景阿巴貢打斷弗西娜搭訕的話頭，跑去花園巡視）[79]、悲憤哭泣（四幕尾聲的錢箱失竊）[80] 等，比比皆是。在表演上，導演欲淡化或加強這些表演套路，關乎演出製作的大方向。

(4) 寫實背景

《守財奴》之所以被視爲悲劇，可說是受寫實層面影響。這齣戲比《達杜夫》更早公演，法國中產階級家庭首度登上舞台。阿巴貢家道厚實，住在花園洋房中[81]，出入以自用馬車代步，家中雇有數名下人，另聘請一名管家。一個深怕別人知道自己有錢的小氣財神爲何肯如此花錢維持生活排場？可見阿巴貢是位有頭有臉的人物，保持社經地位對他而言仍很重要。因此，他要把女兒嫁給貴族昂塞姆，企圖經由聯姻提升自己的社會地位，這是當年中產階級的婚姻觀。第五幕出現的警官查案，暴露當年司法體系的貪腐，且弗西娜深知打官司非得花錢打通關節不可（二幕五景），更加強法律不彰的印象。不僅如此，劇中論及理財方式（一幕四景）、貸款利率（二幕一景）、節省之道、養生原則（三幕一景）、時事（威尼斯和土耳其交戰，二幕五景），乃至於去逛市集、批評流行服飾、親子關係，無一不如實反映當時的思潮和生活背景。本劇的寫實層面常成爲當代演出的基礎。

(5) 超現實的結局

結尾補述的海難、歷險故事帶西班牙喜劇特色，相認與大團圓結局更使人覺得不可思議，卻是喜劇的夢幻結果，普朗松（Roger

---

78 *Ibid.*, p. 82.
79 *Ibid.*, p. 96；莫理哀可能轉動眼球、斜眼看人或透露不安的眼神，另伴隨頭部與肢體動作，*ibid.*, p. 94。
80 *Ibid.*, p. 87.
81 在 17 世紀的巴黎，只有富貴人家才住得起。

Planchon）的演出即以此大作文章，觀眾無不喜出望外[82]。追根究柢，17 世紀的法國編劇仍無法脫離常規俗套，當時觀眾並不以爲意，圓滿結局也符合大眾期待。

從上述分析，可見《守財奴》雖號稱是大喜劇，編劇其實並未遵守前文所述新古典主義編劇的準則，寫作上反而比較接近義大利式喜劇，形式上較自由，可兼容並蓄，可能因此不見容於當年的學究圈。

乍看之下，本劇或許給人不一致的觀感，但重要的是莫理哀以其獨到的戲劇觀及經驗成功整合了不同來源的素材，提煉其精華，使其融爲一體。也因此弗瑞斯提埃（Georges Forestier）和布爾基（Claude Bourqui）在新編的莫劇全集中乾脆反向思考，推論莫理哀如何裁剪、改寫、整編手邊多元化的素材，最後達成編劇目標——受義大利喜劇啓發的新形式大喜劇[83]，這實爲一生創作經驗的累積[84]，而非簡單的匯編工作。我們不要忘了《守財奴》是唯一以吝嗇爲題，至今仍搬演不輟的舞台劇本[85]。

6. 一齣愛情與金錢的喜劇[86]

《守財奴》讀來猶如不同劇種的大雜燴，其實有嚴謹的編劇邏輯：

第一幕，以瓦萊爾和艾莉絲的浪漫愛情破題。第二景，艾莉絲欲告知克萊昂特自己的戀情，反倒得知哥哥愛上窮女孩瑪麗安。第

82　參閱本書〈法國演出史〉第 5 節。

83　Forestier et Bourqui, "*L'Avare* : Notice", *op. cit.*, pp. 1331-33 ; cf. Chupeau, *op. cit.*, pp. 17-18.

84　Couton, *op. cit.*, p. 510.

85　唯一可相比的劇本應是英國作家 Ben Jonson 之 *Volpone*（1606 首演），但演出盛況遠比不上《守財奴》。

86　Michel Bataillon, "La comédie d'amour et d'argent", Programme de *L'Avare*, Odéon-Théâtre de l'Europe, 2001.

三景，陰鬱的氣氛轉爲笑鬧，年輕人口中埋怨吝嗇成性的正事主阿巴貢上場，因深怕下人發現家中藏著鉅款，而趕走克萊昂特的跟班阿箭，後者懷怨在心，遂在第四幕偷走老主人的錢箱。第四景，阿巴貢心神不寧，喃喃自語，道出在自家花園中埋藏一萬艾居（écu）的祕密。

接著兒女再度登場，阿巴貢快速決定了三椿婚事：他自己與瑪麗安、兒子和一位有錢寡婦、女兒與老貴族昂塞姆，且女兒當晚就要完婚，劇情正式發軔。第五景，艾莉絲不從父命，瓦萊爾被要求來調解父女紛爭，阿巴貢一律以女兒的結婚對象表示「不要嫁妝」爲回應，「這個理由教人心服口服」、「不必解釋，人人都懂」，第一幕結束；觀眾見到劇情的兩大主軸——「一萬艾居的藏匿、失竊到歸還」以及三條愛情線同時啓動。

第二幕開場，父子衝突躍爲劇情主軸，並一路延續到第四幕，瓦萊爾和艾莉絲的戀情則要等到第五幕才曝光。第二幕前兩景鋪展克萊昂特計劃和情人遠走高飛因此四處借貸，卻發現放款人居然是自己的老爸，而且還放高利貸，父子不歡而散。第三和第四景回歸嗇刻主題，阿箭爲上門做媒的弗西娜描繪老主人愛財如命的個性。第五景弗西娜鼓起三寸不爛之舌，不僅竭力讚美阿巴貢的體態，也誇獎瑪麗安不合常理的優點；另一方面，阿巴貢提出嫁妝問題，弗西娜也因打官司欲向阿巴貢調頭寸，愛情再度與金錢掛鉤。從父子爲錢大起勃谿，至阿箭對弗西娜解析老主人如何刻薄到不近人情，最後進入「戀愛中的老頭」（le barbon amoureux）主題，金錢始終是情節的主要推手。

第三幕鋪展瑪麗安到訪。第一景，阿巴貢召集全家大小交代如何打掃與招待事宜，小氣習性成爲笑料。第二景瓦萊爾和廚子雅克發生衝突，種下第五幕雅克誣指瓦萊爾爲小偷的遠因。第三與第四景，弗西娜陪伴心焦不安的瑪麗安來到阿巴貢家。接下來的

三景，瑪麗安見到阿巴貢一家人，方才知道心上人克萊昂特的身分，兩人在阿巴貢眼前互訴衷情。最後兩景，兩名下人飛跑進來通報有人上門還錢的消息，不小心把老主人撞倒在地。這幕戲仍然是慳吝與愛情主題同時並進，只不過開場是前者為重點，後續場景則是愛情躍居前景。

第四幕延續第二幕的父子衝突子題，這個子題在第三幕隱隱欲發，到了此幕惡化為父子決裂。第一景弗西娜為克萊昂特和瑪麗安的愛情獻計。第二至第五景聚焦父子爭執，阿巴貢確認兒子是自己的情敵，兩人爭執不下，雅克見狀，幽默地從中調節，其實只是片面安撫。發現兒子仍未放棄瑪麗安，阿巴貢暴怒，取消了兒子的財產繼承權。第六景，阿箭偷走阿巴貢的錢箱，下一景阿巴貢崩潰，獨白中「吝嗇鬼反被偷」的主題被發揮到極致，阿巴貢說起錢猶如是在談情人，「我可憐的錢，我親愛的朋友，有人把你從我身邊奪走」，金錢和愛情至此合而為一。

第五幕審訊竊案，雖有警官和書記在場，真正問案的人其實是阿巴貢。進行到第三景，原告與被告雞同鴨講，錢箱與艾莉絲交疊，金錢和愛情融為一體，完美結合兩個主題，令人叫絕。為完成和艾莉絲的婚事，昂塞姆依約現身，神奇地和自己失散多年的兒子瓦萊爾及女兒瑪麗安相認，一舉解決兩人的社經地位問題，年輕戀人的愛情總算排除最大障礙，有情人成眷屬。最後一景，克萊昂特要求父親在錢箱和瑪麗安之間做出抉擇，更凸顯金錢與愛情之一體兩面。阿巴貢選擇了錢箱，將全劇帶回金錢主題。

俗語說「談錢傷感情，不談錢就沒感情」，《守財奴》中金錢與愛情始終亦步亦趨，如影隨形。莫理哀布局透過「戀愛的老頭」此一定型化角色凸顯父子衝突以加強情節張力，但未離題，且四條劇情線導向了鄙吝之大害，符合「風俗道德與個性」喜劇的編劇宗旨。

《守財奴》被評爲情節不連貫，原因之一在於主角個性的諷刺刻劃，如下人對阿巴貢的批評，或阿巴貢交代如何招待訪客等，刪除這些好笑的場景，確實不影響劇情發展，但也因爲這些細節才使主角躍然紙上，這正是「個性」喜劇的特色[87]。換句話說，《守財奴》的統一性不在於情節動作，從亞里斯多德的觀點看，此作易被評爲小氣寫照的精彩戲劇橋段集成[88]，本劇的統一性實應在於主角個性之刻劃。

7. 角色的雙重面相

和其他莫劇一樣，《守財奴》的演出史擺盪在悲喜兩極之間。兩度執導本劇的普朗松說得好，貪婪乃出自一顆乾枯的心，將嗜財推到極致會變得好笑，但一顆慳嗇的心推到極致卻讓人笑不出來，其中的殘酷不言而喻[89]，這正是造成此劇詮釋分歧的關鍵。見證演出史，悲劇演久了就會返回喜劇傳統，反之亦然。而莫理哀的喜劇之所以令人傷感，正是由於內容解剖凡人可憐的缺點和荒謬，因爲人皆有之，所以描繪地越深刻，我們就越難輕鬆以對。從二幕四景阿箭對弗西娜分析，阿巴貢這個人雖然鐵石心腸，刻薄成性，但「你想要恭維、敬意、好聽話、交情，要多少有多少」，可見其處事之圓滑，絕非一個單純的角色[90]。事實上，深入閱讀劇本，幾位要角面對全權在握的一家之主均被迫隱藏自己的眞心[91]，所以呈現出正反兩面個性，端看詮釋的立場而定。

87 Colette et Jacques Scherer, "Le métier d'auteur dramatique", *Le théâtre en France, op. cit.*, p. 224.
88 如前述沙塞的批評，Sarcey, *op. cit.*, p. 219。
89 "Préface de Roger Planchon", *L'Avare : Comédie 1668, op. cit.*, p. 13.
90 Bataillon, *op. cit.*
91 "Entretien avec Catherine Hiegel", propos recueillis par Laurent Muhleisen, Dossier de presse de *L'Avare*, la Comédie-Française, 2009, p. 3.

7.1 阿巴貢的喜劇能量

　　認同《守財奴》爲一齣喜劇者，主要是根據莫理哀編劇的初
衷、劇中的打鬧場面，特別是假面喜劇的表演套路爲不折不扣的鬧
劇技倆。的確，細看 1682 年莫理哀作品全集收錄的《守財奴》卷
首插圖，導演杜朗（Charles Dullin）分析道：三幕一景，夾在瓦
萊爾和廚子之間，莫理哀的臉微腫，眼神飄忽不定，表情透露出輕
信、中產階級的自滿，看來多疑、謹愼又天眞，他寫實的身體態勢
透露了喜劇的意味 [92]。

圖 7　《守財奴》1682 年版卷首插圖。（BNF）

　　儘管阿巴貢在家是名暴君，學者亞當（Antoine Adam）強調他
卻沒有令觀眾害怕的力量，不是一個悲劇角色。「這個老頭，精疲

92　"Présentation de Charles Dullin", *L'Avare : Comédie 1668, op. cit.*, p.19.

力竭，道德上遭到圍捕，是一個丑角。在瑪麗安面前，當他發可憐的脾氣時，當他天真地聽信弗西娜的阿諛之際，他是一個丑角。這個暴君只是荒謬可笑。他好笑之至，因此，不可能硬說《守財奴》僅從表演套路中建立起個性，而是表演套路疊合在情節之上」[93]。再從布局角度視之，全劇實依「小偷被偷」（le voleur volé）[94]的喜劇架構進行，或依阿箭所言：「這種鐵公雞，就是活該被偷」，這是古典喜劇常用的結構。

在表演上，阿巴貢也散發一股能量，他在五幕戲中跑來跑去，揍下人、修理兒子、教訓女兒，絕非一個病懨懨的角色。這隻鐵公雞對世界之理解是單面向的，再加上偏執，遂使人覺其不可理喻，笑聲因而四起。而劇中一些聽來充滿惡意的台詞，如克萊昂特表示：「居然還有人覺得不可思議，怎麼會有做兒子的希望父親早日歸西」（二幕一景）；弗西娜為安撫瑪麗安而詛咒阿巴貢「三個月內要是不見閻王就太不識相了」（三幕四景）；或捎客西蒙對阿巴貢說克萊昂特「管保他父親不到八個月就會往生」（二幕二景）。這些台詞聽來恐怖，其實是當年喜劇常用的誇張陳詞，用意在於博君一笑。

7.2 阿巴貢的悲劇陰影

解讀《守財奴》採悲劇視角者，主要是基於主角的極端儉省，強要兒女、僕人、客人，甚至瘦馬「共體時艱」，大家苦不堪言。最令人難以接受的是，他放高利貸，利益凌駕人情的心態引人反感，最後則是嚴重的父子衝突逾越了人倫界線，無怪乎歌德要說本劇「不僅特別偉大，且深一層看是悲劇的」[95]。究其實，阿巴貢是

93 *Histoire de la littérature française au XVIIᵉ siècle*, vol. II (Paris, Albin Michel, 1997), p. 780.
94 放高利貸是以不法途徑獲利，形同小偷。
95 Johann P. Eckermann, *Gespräche mit Goethe in den letzten Jahren seines Lebens*, 1836, chapitre 56, consulté en ligne le 10 octobre 2015 à l'adresse : http://gutenberg.spiegel.de/buch/gesprache-mit-goethe-in-den-letzten-jahren-seines-lebens-1912/56.

個生病的老頭，成日恐懼被偷，神經緊繃，劇情展演的是他被兒女、管家、媒人、傭僕欺騙偷盜的過程，他實質上處在一種不斷被圍攻的狀態，一再被取笑、騷擾，最終被擊垮，其中不是沒有值得同情與憐憫之處。

再從戲劇傳統觀點看，阿巴貢屬於「老頭」（barbon）的角色範疇。莫理哀首演此劇時不僅全身著黑，且脖子上仍圍著過時的輪狀皺領（fraise），彷彿活在上一個世紀，他仍舊用繩子繫褲頭，而非時行的絲帶；再加上老花眼鏡，時不時咳一兩聲，更增老態。再不必提，他收藏的一批舊貨，諸如退流行的針鉤床單、老家具、斷弦詩琴、舊壁毯、早已停用的火槍、鱷魚標本等等，均散發一股過時已久的氣味[96]。如此強調主角跟不上時代潮流，莫理哀清楚將阿巴貢和年輕人充滿希望的世界區隔開來。

將阿巴貢塑造成不帶感情的角色，即使面對自己的孩子也毫不心軟，也容易引人朝負面方向解讀。二幕二景，面對兒子指責，阿巴貢表面上大發雷霆，實則內心盤算「出這個意外我不生氣；這對我倒是個警訊，他的一舉一動，以後要更加留意」。四幕三景他假意和兒子交心，等到確認兒子是自己的情敵，心中想的竟然是「我很高興知道有這樣一個祕密，這正是我想要知道的事」，似乎對於兒子沒有親情的考量，而只有利益關係的算計。

究其實，視錢如命，阿巴貢將自己的親骨肉看成是敵人（一幕四景），他將兒子逼到借錢的窘境，促使後者詛咒父親早日歸西，女兒則不惜違反法律，也要私訂終身。媒婆對他預言他會長壽，「有朝一日您得要埋葬自己的孩子，還有孩子的孩子」，他居然回答：「再好不過」（二幕五景）！五幕四景，他寧可女兒當年落水淹死，也不願她絕處逢生並擁有幸福的歸宿。阿箭批評阿巴貢

---

96 Couton, *op. cit.*, p. 512.

「是世間最不講人情的人」、「無情無義，教人絕望」、「他可以眼睜睜地看你斷氣，無動於衷」，驗證劇情，不無幾分道理。

更甚者，爲了守住積貯的錢財，阿巴貢安排的三椿婚事看來都不太可能有子嗣，因爲他和瑪麗安、昂塞姆和艾莉絲都是老夫娶少妻，而年輕的克萊昂特要娶的卻是一位寡婦[97]。拒絕食物和性——人的兩大基本需求，無怪乎托賓（Ronald W. Tobin）認爲阿巴貢是古典喜劇中最陰森、最具威脅性的角色[98]。

劇中最惹人議論的是父子衝突，盧梭（Jean-Jacques Rousseau）就有感而發：「爲人慳吝且放高利貸是個大惡習；但是做兒子的偷自己的父親、對他不敬，用許多侮辱的言辭責備他，不是更惡質嗎？而且，當這位被激怒的父親詛咒兒子，後者以嘲弄的口吻回嘴道自己用不著他的禮物。假設這個玩笑開得極好，玩笑本身難道就可以少受些非難嗎？再說這個劇本使人喜愛開這個玩笑的蠻橫兒子，難道開這個玩笑，算不上是教人不良的道德嗎？」[99]

眼裡看到的只有錢，造成阿巴貢的人際關係惡劣，家中籠罩在說謊欺瞞的氛圍中，他形同被孤立，變得多疑、暴躁、焦慮、孤獨，心情無一刻平靜。劇中唯一使人看到他動了眞情的時刻是丟錢之際。全劇的最後一句台詞是：「我呢，要去看我的寶貝箱子。」[100]至於他對瑪麗安的愛情[101]，兩人「相親」完全是遵循義大利

97　James F. Gaines, *Social Structures in Molière's Theatre* (Columbus, Ohio State University Press, 1984), p. 174.

98　*Tarte à la crème—Comedy and Gastronomy in Molière's Theatre* (Ohio State University Press, 1990), p. 97.

99　*Lettre à M. D'Alembert*, 1758, document consulté en ligne le 5 janvier 2013 à l'adresse : http://www.espace-rousseau.ch/f/textes/lettre%20%C3%A0%20d'alembert%20utrecht%20corrig%C3%A9e.pdf, p. 17.

100　許多學者因而把他和《妻子學堂》的主人翁相提並論，兩人都把心愛之人／物藏起來，不讓人知。

101　這點常被批評爲不可能，實則反映了錢和性之互爲表裡。心理學者 Gérard Wajcman 解析吝嗇鬼的愛欲：這類人屬於一種欲求的動物，金錢爲其渴求的目標，雖令人不滿或不齒，這種渴求具有情愛的特質，火熱、妒嫉，帶有肉體及情色的意味，包括愛戀的嬉戲，以及近乎高潮的快感，因而形塑了吝嗇鬼猥褻的外貌；與其說吝嗇鬼愛錢，不如說他欲求錢財，見其 *Collection* ; suivi de *L'avarice* (Caen, Editions Nous,

喜劇的嘲弄傳統進行，若進一步思考，反倒暴露了老年人的感情問題，今日觀之更見切題。

最後，再從心理分析角度視之，莫隆（Charles Mauron）指出，這齣劇本最接近原始的伊底帕斯神話，劇中兒子不僅覬覦父親愛上的女子，且幾乎公開表示希望他早日往生[102]。若將喜鬧劇傳統暫且先擱置一旁，《守財奴》看起來根本距「慘劇」（le drame）不遠。

回顧戲劇史，莫理哀的喜劇雖然屢獲成功，深得觀眾喜愛，但也有作家和學者如布瓦洛、拉辛、奧比涅克等人對他開的玩笑不以為然，當代學者孔內沙（Gabriel Conesa）一針見血解析：莫理哀之前的法國喜劇，笑料時有時無且經常是點綴性質，莫理哀則將笑哏當成劇創的法寶，安排在情節的關鍵點。對莫理哀而言，喜劇應瞄準滑稽，否則即失去焦點。觀眾哄堂大笑，即證明他描繪的個性真實無差，滿堂笑聲隨之化成一種道德制裁。也因此，只要能達到匡正凡人偏差性格的道德宗旨，莫理哀從不放過任何可以製造笑果的情境、手勢或台詞。問題在於莫劇之好笑不在於單純的搞笑，而是起於角色內心固有的荒謬；換句話說，詼諧幽默離不開心理分析[103]，前者是喜劇的標誌，後者則趨近悲劇。

7.3 其他配角

本劇次要角色的形塑也都正反兼具。兩對年輕戀人原屬義大利喜劇的純情角色，涉世未深，經阿巴貢強力反襯，更顯清新可愛，容易贏得觀眾的心。可是深入分析，個個均輕信不得，美麗的

1999), p. 83。有關本劇中性和錢的關係，參閱 Mitchell Greenberg, "Molière's Body Politic", *High Anxiety : Masculinity in Crisis in Early Modern France*, ed. Kathleen P. Long (Truman State University Press, 2000), pp. 152-57。

102　*Psychocritique du genre comique* (Paris, José Corti, 1985), p. 61.

103　*La comédie de l'âge classique (1630-1715)* (Paris, Seuil, 1995), pp. 145-46.

謊言和現實人生之間存在不小的差距，遠離浪漫喜劇將情節理想化的編劇路線 [104]。

克萊昂特純潔浪漫，易受騙（四幕三景，三言兩語就掉入父親的陷阱），喜做白日夢（想和愛人浪跡天涯），個性脆弱，聽到父親打算迎娶自己的心上人，身體立感不適（一幕四景）[105]。另一方面，所謂「有其父必有其子」，他反應快，脾氣衝，只關心自己，眼裡只有瑪麗安，其他一概如耳邊風 [106]，不關心妹妹，以至於兄妹交心，後者根本沒機會吐露祕密，種種自私自利的表現和老爸相距不遠 [107]。瓦萊爾是艾莉絲的救命恩人，體貼多情，可是戲一開幕，艾莉絲卻心焦如焚，披露了她對未婚夫嚴重缺乏信任。面對阿巴貢，瓦萊爾又換成一副阿諛者的面孔，機靈又諂媚，不由得令人懷疑起他的真面目。

艾莉絲比一般清純女主角更敏感聰明，個性看來小心謹慎，在第三與第四幕中話極少，但她勇於反對父親安排的婚事，也不排除和瓦萊爾雙宿雙飛，這在 17 世紀實為違法犯紀之事 [108]，這是她開幕戲如此心焦的原因。瑪麗安更是曖昧，她不幸的際遇、孝順的本性很容易喚起觀眾的同情，可是她內心縱使百般不情願，卻已準備嫁給荷包滿滿的阿巴貢，錢財對她之重要不言而喻。

出身那不勒斯貴族的昂塞姆，真名為唐湯姆‧達比西（Dom Thomas d'Alburcy），他在劇終慷慨解囊，答應為一對兒女辦婚禮，甚至為阿巴貢做一件新禮服，一向被視為「富爸爸」，是男主角的鮮明對照。然而從劇情結構視之，兩人其實一個德性——不管

---

104 Chupeau, *op. cit.*, p. 26.
105 Morel, *op. cit.*, pp. 134-35.
106 一幕二景對妹妹宣稱「除了愛情，我什麼也聽不進去了」。
107 Peter H. Nurse, *Molière and the Comic Spirit* (Genève, Droz, 1991), p. 130.
108 當時的父母對未成年（25 歲以下）子女有絕對權力，兒女成婚需得到父母同意，否則視同犯法。

道德疑慮，執意和兒子競爭一位可當自己女兒的年輕女子爲妻（雖然昂塞姆事前並不知情）；再說，他當年從海難中單獨全身而退，不無可能是搶先搭上救生船，棄妻小於不顧[109]。凡此均使這個作用宛如解圍之神的角色蒙上一層陰影。

源自羅馬喜劇的「老鴇」（lena）一角，弗西娜說話甜如蜜，時而帶刺，這類角色在文藝復興時期的小說與喜劇中受到重用，最著名的莫過於西班牙羅哈斯（Fernando de Rojas）的對話體小說《塞萊絲蒂娜》（*La Célestine*, 1499-1502）。不過，爲了尊重大喜劇情節需合乎禮教的基本要求，弗西娜在人物表上被註明是位「詭計多端的女人」（femme d'intrigue），且劇情強調兩對戀人是「規規矩矩眞心相愛」[110]。她原本打算撮合阿巴貢和瑪麗安以賺取大筆酬金，只是因爲向阿巴貢借錢不成，心生不滿，就倒戈改幫年輕的戀人。更何況，弗西娜熟識操守有問題的阿箭，兩人一碰面即大談弄錢門路，予人負面觀感。

人如其名，阿箭行動敏捷，反應迅速，愛回嘴，成日忙著爲主人跑腿，解決煩惱，卻經常遭主人斥責、威脅、棒打，不過也蠻不在乎。這個角色源自羅馬喜劇的「跑腿僕人」（servus currens），奴隸出身，機智，見人說人話，見鬼說鬼話，腦袋裡成天轉著騙錢的鬼點子，但在本劇中並未眞正得到重用。

在阿巴貢的幾個下人中，以身兼車夫及廚子的雅克最讓人感到親切。他個性耿直，對未善待自己的老主人始終一片赤誠，因此對巧言令色的瓦萊爾看不順眼，這點可能引起瓦萊爾的戒心，兩人在正式爆發衝突前早已種下心結。

---

109 這是羅馬尼亞導演 Andrei Serban 的看法，見本書〈法國演出史〉第 6 節。
110 當代許多演出常從兩人做愛之後開場，看似違背劇情，Chupeau 則指出瓦萊爾的開場白語意高度曖昧，不禁令人懷疑他從艾莉絲處得到的「承諾」（assurances）超出訂婚的界線，Chupeau, *op. cit.*, p. 25。

　　從劇情編排及角色塑造觀點看，《守財奴》實乃悲喜兼具，既
寫實又帶幻想色彩，探任何單一視角詮釋均難免窄化了劇本的視
野。不過，無可否認的是全劇始終維持一個喜劇觀點，莫理哀沒探
究劇情的後續發展，也不認定偏差的個性會是致命的缺點；更關鍵
的是，一旦被揭露，這些個人缺點似乎就不再礙事，觀眾也將在捧
腹大笑之際變得更有自覺。

　　歌德曾言，我們每回重讀莫劇，總會感受到新的驚奇[111]，《守財
奴》更是如此，透過舞台演繹，這齣經典屢屢創造令人想像不到的
表演新境，耐人尋味，請讀書末之〈法國演出史〉一文。

111　Eckermann, *op. cit.*

L'Avare

守 財 奴

❖

《 喜 劇 》

首演：1668 年 9 月 9 日

地點：巴黎王宮劇院（le Palais-Royal）

演出劇團：國王劇團（la Troupe du Roi）

演 員 [1]

阿巴貢 Harpagon[2]	克萊昂特和艾莉絲的父親，瑪麗安的求婚者
克萊昂特 Cléante	阿巴貢的兒子、瑪麗安的追求者
艾莉絲 Elise	阿巴貢的女兒、瓦萊爾追求的對象
瓦萊爾 Valère	昂塞姆的兒子、艾莉絲的追求者
瑪麗安 Mariane	克萊昂特的情人、阿巴貢中意的小姐
昂塞姆 Anselme	瓦萊爾和瑪麗安的父親
弗西娜 Frosine	詭計多端的女人 [3]
西蒙老板 Maître Simon	掮客
雅克師傅 Maître Jacques	阿巴貢的廚子兼車夫
阿箭 La Flèche[4]	克萊昂特的僕人
克蘿德太太 Dame Claude	阿巴貢的女傭

1 　我們僅知首演時莫理哀主演阿巴貢，路易‧貝加（Louis Béjart）主演阿箭，其他均屬臆測：
　　阿蔓德‧貝加（Armande Béjart）和卡特琳‧德布里（Catherine de Brie）應該分飾艾莉絲和
　　瑪麗安，拉格朗杰（La Grange）和杜克拉西（Du Croisy）分飾兩名年輕戀人（瓦萊爾和克萊
　　昂特）；瑪德蓮‧貝加（Madeleine Béjart）應擔任弗西娜一角。

2 　此字源於希臘文 "arpazw"，意思是「抓住」、「攫取」、「搶奪」，演變至拉丁文 "harpago"，
　　指的是一種「鐵鉤」；馬侯斯（Michel de Marolles）翻譯普羅特（Plaute）之《一鍋黃金》
　　（Aulularia）選用了這個字。

3 　"Femme d'intrigue"，「老鴇」的婉語，為「掮客（entremetteuse）、狡猾的媒婆、賣皮肉的
　　商人，用粗俗的話說是老鴇，說得尊敬一點，為詭計多端的女人」，見 Paul Scarron, *Oeuvres
　　de Scarron*, vol. 3 (Paris, Chez J. F. Bastien, 1786), p. 325. 莫理哀時代仍流行找媒婆撮合親事。

4 　原意為「箭」，比喻其動作之敏捷。《一鍋黃金》中的年輕男主角之僕人名叫史托羅畢耳
　　（Strobile），意即「颶風」，阿箭的命名依同樣原則。此角原由路易‧貝加擔任，他跛腳演
　　出，因此一幕三景阿巴貢罵他：「這個狗瘸子」。

燕麥稈 [5] Brindavoine	阿巴貢的跟班
鱈魚乾 [6] La Merluche	阿巴貢的跟班
警官和他的書記 Le Commissaire et son clerc	

場景在巴黎 [7]

5　這個僕人角色的名字採意譯，形容其瘦。
6　同樣採意譯。
7　根據 Mahelot 的記錄：舞台為一房間〔應為沙龍〕，後面可見到花園。需要的服裝與道具如下：
　　兩件工作罩衫給鱈魚乾和燕麥稈〔三幕一景〕、一副眼鏡〔給阿巴貢，三幕五景〕、一支掃
　　把〔給克蘿德太太，三幕一景〕、一支棍棒〔給阿巴貢打雅克，三幕一景；給瓦萊爾打雅克，
　　三幕二景〕、一個錢箱〔給阿箭，四幕六景〕、一張桌子、一張椅子、一個文具匣、白紙以
　　及外袍〔這些道具給第五幕的警官〕、兩支放在桌上的燭台〔第五幕用〕，見 *Le mémoire de
　　Mahelot*, éd. Pierre Pasquier (Paris, Honoré Champion, 2005), p. 332。這張清單獨漏阿巴貢在第
　　三幕戴的鑽戒。

第 一 幕

⊙ 第一景 ⊙

瓦萊爾、艾莉絲。

瓦 萊 爾：哎，怎麼了，美麗的艾莉絲，你欣然接受了我愛的
承諾，為什麼現在一臉憂愁？我滿心歡喜，你卻唉
聲嘆氣，唉！告訴我，難道讓我快樂幸福，你後悔
了？懊悔當時見到我一片熱情而不忍心拒絕我的求
婚嗎[8]？

艾 莉 絲：不是的，瓦萊爾，為你付出的一切，我都不會後
悔。我感覺到自己被一股甜蜜蜜的力量強烈牽引，
從來沒有想到事情不該這樣進展。不過，說真的，
這件事結果會如何，我好焦慮[9]；深怕自己愛得太
深，失了分寸。

瓦 萊 爾：哎，你真心愛我，艾莉絲，有什麼好怕的呢？

艾 莉 絲：唉！真是千頭萬緒：父親的憤怒、家人的責備、社
會的非難；但最可怕的，瓦萊爾，是怕你變心；你
們男人面對太熱烈表現的純情常常報以冷面冷心。

瓦 萊 爾：啊呀！不要冤枉我，拿我和別人比。你什麼都可
以懷疑我，艾莉絲，就是不要懷疑我對你許下的諾
言。我愛你至深，不可能變心；我對你的愛，至死
不渝。

8　瓦萊爾和艾莉絲在克蘿德太太見證下交換婚誓，完成訂婚（見五幕三景）。另，這段開場白
　的分析，參閱本書〈中譯導讀〉的 4.1 節「用散文編劇」。
9　"inquiétude"：du tourment，17 世紀的意思比現在強烈。

艾　莉　絲：啊！瓦萊爾，這種話誰都會說。天下男人講的都一樣；只有作爲，才看得出他們的不同。

瓦　萊　爾：既然只有作爲才看得出我們的爲人；至少等我有了實際作爲之後再來評斷我的心，可別因爲沒來由的顧慮就胡亂猜疑，給我安上莫須有的罪名。我求你，千萬不要善感多疑，讓我痛不欲生；給我時間證明自己，我會用無數的眞憑實據，教你相信我由衷的熱情。

艾　莉　絲：唉！怎麼三兩下就被情人說服了！好，瓦萊爾，我相信你的心不可能騙我。我相信你眞心誠意愛我，對我忠實不渝；我不再有絲毫的懷疑，我現在只憂愁外面的人會怎麼指責我。

瓦　萊　爾：爲什麼你會這麼焦慮呢？

艾　莉　絲：如果其他人都用我的眼光來看你，我就沒什麼好怕的；就因爲你的爲人，我才願意託付終身[10]。你所有的美德，就是吸引我愛你的正當理由，更何況老天要我報答你的救命之恩。我無時無刻不想起那場驚險的災難，我們頭一次四目交接；你當時冒著生命危險，跳進驚濤駭浪中救我起來，這種不可思議的勇氣令人驚奇；你把我從水裡救起，悉心照料；你待我情眞意摯，不因時間長、困難多而氣餒，甚至爲了我，不顧父母和故鄉，滯留此地，隱姓埋名，

---

10 譯文請參閱〈譯後記〉說明。

又爲了見到我，不惜紆尊降貴來當我父親的下人[11]。所有這一切眞眞教我讚嘆；在我看來，這就足夠說明我爲何願意以身相許；可是對於別人，這些理由，或許，還不夠；我不能確定他們能體會我的情感。

瓦萊爾：你所説的這一切，只有我對你的愛值得一提；至於你的顧慮，令尊本人的所作所爲已足以向世人證明你是對的：他一毛不拔，和兒女同住，生活非常刻苦，會發生再怎麼令人反感的[12]事也不意外。很抱歉，美麗的艾莉絲，我在你面前這樣批評令尊。你知道在這方面，沒有什麼好話可説。不過，假使我能夠如願，找到我的父母，我們就不難得到令尊同意。我實在是沒有耐心再等下去，要是再沒有音訊傳來，我就要親自動身去找。

艾莉絲：啊！瓦萊爾，求求你，不要離開這裡；你先想想如何得到我父親的歡心吧。

瓦萊爾：你看見我是怎麼做的，爲了到他跟前工作，我不得不巧言令色；爲了取悅他，我假裝迎合他的感受和想法，爲了爭取他的好感，我每天在他面前扮演什麼樣的知心角色，和他感同身受。這方面我進步神速；我從經驗學到要抓住一個人的心，最好的方法，莫過於假裝投其所好；贊同他們的處事原則，恭維他們的缺點，爲他們的行爲喝采。不必害怕過

---

11 "Domestique" 是指家中僕役。
12 "étranges" : choquantes（令人不快的、激起反感的）。

度殷勤；儘管明眼人一看就知其中有詐，最精明的
人一聽到奉承話往往也要不敵而受騙；就算講得再
怎麼不合時宜，荒唐滑稽，只要鼓起油嘴滑舌，讚
譽有加，他們就會大口吞下。這樣做不免有損我的
誠信：不過一旦有求於人，就非得和他們唱和不
可；既然要爭取好感，別無他途，所以錯的不是巴
結的人，而是那些喜歡被巴結的人。

艾　莉　絲：可是你為什麼不想想辦法也爭取我哥哥的支持呢，
　　　　　萬一女傭[13]洩漏我們的祕密該怎麼辦？

瓦　萊　爾：魚與熊掌不可得兼；他們父子兩人個性天差地遠，
　　　　　很難同時兩邊討好。倒是你這邊，可以多在你哥哥
　　　　　身上下功夫，用兄妹之情打動他，把他拉攏到我們
　　　　　這邊。他來了。我先避開。把握這個時機和他談
　　　　　談；我們的事只透露你覺得應該說的。

艾　莉　絲：我不知道有沒有勇氣對他說出。

⊙ 第二景 ⊙

克萊昂特、艾莉絲。

克萊昂特：妹妹，你一個人在這裡真是太好了；我急著找你，
　　　　　要告訴你一個祕密。

艾　莉　絲：哥哥，我洗耳恭聽吶。你要告訴我什麼呢？

13　指克蘿德太太，三幕一景她一言不發地接受阿巴貢分派的工作，此外陪侍艾莉絲也是她的工
　　作。艾莉絲由一名家事女傭負責陪伴出席社交場合，可見阿巴貢的嗇刻。

克萊昂特：好多事情，妹妹，但總歸一句話：我在談戀愛。

艾　莉　絲：你在談戀愛？

克萊昂特：是，我在談戀愛。不過深談之前，我先聲明，我知
　　　　　道我靠著爸爸過活，當兒子的就該服從父親；沒有
　　　　　親生父母同意，我們不應該擅自訂婚；上天要他們
　　　　　主宰我們的意願，我們只能聽命行事；他們不受狂
　　　　　熱的愛情影響，不像我們那樣容易迷失，他們比我
　　　　　們更清楚什麼才適合我們；我們應該相信他們智慧
　　　　　的光芒，而不是我們盲目的愛情；年輕人意氣用事
　　　　　只會墜入煩惱的深淵[14]。妹妹，我先對你說這一大
　　　　　套，省得你對我嘮叨；說到底，除了愛情，我什麼
　　　　　也聽不進去了，求求你不要再給我任何忠告。

艾　莉　絲：哥哥，你已經和心上人訂婚了？

克萊昂特：沒有；但是我決定要跟她訂婚；所以我再一次求你，
　　　　　不要用任何理由來勸阻我。

艾　莉　絲：哥哥，難道我這人是這麼不值[15]嗎？

克萊昂特：話不是這麼說，妹妹，只是你沒談過戀愛。你不知
　　　　　道柔情蜜意在我們心頭激起的熱情；再說我害怕你
　　　　　的明智。

艾　莉　絲：唉！哥哥，別提我的吧；世上沒有人不缺明智的，
　　　　　一生至少要缺一次；我要是敞開心來，你說不定還

14　克萊昂特這一大段有關親子和家庭關係的老生常談，係出自當年教會常見的講道以及道德論述。

15　"étrange"：indigne（不配的、沒資格的、可恥的）。

覺得我比你更不智。

克萊昂特：喔！但願你的心，和我的一樣……

艾　莉　絲：先說完你的事，告訴我你愛上了誰。

克萊昂特：一位年輕小姐，前不久搬到我們這附近，天生麗質，人見人愛。妹妹，世上沒有人比她更可愛；我一見到她就心蕩神馳。她叫瑪麗安，和有點年紀的母親住在一起，那位老太太幾乎老是病著，這位可愛的小姐照顧母親的孝心簡直超乎想像。她照料母親，心疼她，安慰她，那種溫柔體貼感人肺腑。她做事的迷人風采天下無雙，舉手投足無比優雅，光彩照人；一種吸引人的溫柔、一種迷人的善良、一種令人愛慕的端莊[16]、一種……啊！妹妹，我真希望你親眼見到。

艾　莉　絲：哥哥，聽你形容，我就好比已經見到她一樣；你這麼愛她，就可看出她的爲人了。

克萊昂特：我暗地裡觀察，發現她們手頭並不寬裕，再怎麼省吃儉用，她們那點財產也難以應付所有支出。妹妹，你想想看，接濟心愛的人一點錢，不著痕跡地幫一個有德人家一點小忙[17]，是多敎人開心的事呀；可是我們的爸爸錙銖必較，我嚐不到這種快樂，也不能在這位美麗的小姐面前表示愛情，我是多麼絕望[18]。

16 "honnêteté" : pudeur（持重、腼腆）, chasteté（貞潔）。
17 意即替她們支付一些開銷。
18 "déplaisir" : désespoir。為了鼓勵施捨，17世紀的教會大力宣揚行善所帶來的精神滿足。

艾 莉 絲：是呀，哥哥，我很能體會你有多鬱悶。

克萊昂特：啊！妹妹，你無法相信我是多麼的鬱悶。說到底，要我們這樣一省再省，令人難以置信，過度的儉省，害我們變得有氣無力，天下還有比這更無情的事嗎？我們明明坐擁財產又正當青春，卻無福享受，那有什麼用呢？如果為了應付我自己的開銷，我必須到處借貸；如果為了穿得像樣，你我每天被逼著請求生意人幫忙[19]，那些財產又有什麼用呢？總之我要對你說的，是請你去幫我試探爸爸對我的感情是怎麼想的；萬一他反對，我決定和這位可愛的小姐遠走高飛，浪跡天涯，任憑老天爺安排。為了實現這個計劃，我到處借錢；妹妹，要是你的情況和我的一樣，而爸爸又反對我們的意願，乾脆我們兩個都離開他，從他的壓制底下解脫出來，他的吝嗇讓人忍無可忍，我們真是受夠了。

艾 莉 絲：的確，他每天的所作所為，不禁使我們越來越想念死去的母親，何況……

克萊昂特：我聽見他的聲音了。我們先離開一下，彼此把心裡的話講完；然後再同心協力一起打動他的鐵石心腸。

19 意即先賒欠。

⊙ 第三景 [20] ⊙

阿巴貢 [21]、阿箭。

阿　巴　貢：馬上滾，不許回嘴。滾吧滾吧，滾出我家，賊頭 [22]；
　　　　　　活該被吊死的大壞蛋。

阿　　　箭：我從來沒見過像這個死老頭這麼壞的人；我說的難
　　　　　　保不出錯 [23]，不過我想他是著了魔。

阿　巴　貢：你嘴裡嘀嘀咕咕。

阿　　　箭：您為什麼要趕我走？

阿　巴　貢：壞蛋，還輪得到你來問我理由：快滾，否則我揍人。

阿　　　箭：我哪裡觸犯了您？

阿　巴　貢：你觸犯了我要你滾蛋的事。

阿　　　箭：我的主人——您的兒子，叫我要等他回來。

阿　巴　貢：要等去街上等，不要在我家裡像根木樁子一樣直
　　　　　　挺挺地站哨，一雙賊眼滴溜溜轉，四處觀察有什麼
　　　　　　好處可以下手。我不要眼前老是看到一個包打聽的
　　　　　　奸細；吃裡扒外，一雙該瞎的賊眼監視我的一舉一

20　此景出自《一鍋黃金》的一幕一景及四幕四景。
21　根據莫理哀過世後的財產清點，他扮演此角的戲服為：外套（manteau）、齊膝短褲（haut-
　　de-chausses）、黑色絲質短上衣（pourpoint）、帽子、假髮、鞋子，見 "Inventaire après décès
　　de Molière", *Oeuvres complètes*, de Molière, vol. II, dir. G. Forestier (Paris, Gallimard, «Pléiade»,
　　2010), p. 1150。阿巴貢的裝束，可參看 1682 年莫理哀全集的《守財奴》卷首版畫（見本書第
　　42 頁），站在中間的他，和一旁時髦的瓦萊爾相較，簡直像是上個世紀的人。
22　"maître Juré Filou"，所謂的 "maître juré" 是指在行會中獲得「師傅」稱號且宣過誓的，為該
　　行會管事的師傅；阿巴貢諷刺阿箭是扒手行會的頭頭。
23　"sauf correction"，直譯「如果我沒弄錯」，這句慣用語是用來緩和或自我校正一句可能說
　　得太放肆的話，見 Antoine Furetière, *Dictionnaire universel, contenant généralement tous les
　　mots françois tant vieux que modernes, et les termes de toutes les sciences et des arts* (La Haye et
　　Rotterdam, Arnout et Reinier Leers, 1690)，以下簡稱 Furetière。此處阿箭要說魔鬼，但擔心魔
　　鬼當真現形，因而改口如此說。

動，對我的財產垂涎三尺，四處東張西望看看哪裡
有什麼東西好偷。

阿　　箭：見鬼了，您要別人怎麼偷您呢？您是個偷得著的人
嗎？您把所有東西全上了鎖，日夜不分站崗守著。

阿 巴 貢：我要鎖什麼就鎖什麼，要站崗守著就站崗。你這麼
注意別人的舉動，不是監視我的密探嗎？[24] 我真怕
他已經疑心到我那一筆錢的事情。[25] 你難道沒在外面
胡言亂語，説我家裡藏著錢？

阿　　箭：您家裡藏著錢？

阿 巴 貢：沒有，混蛋，我沒説這話。（旁白）氣死我了。我
是問你有沒有不安好心，到處胡言亂語，説我家裡
有錢。

阿　　箭：哎！您有錢沒錢，我們完全沒差，關我們什麼事
呢？

阿 巴 貢：你還有道理講；光是你這些歪理，我賞你一個耳
光。（他伸手打了他一巴掌。）再説一次，滾！

阿　　箭：好吧，我走。

阿 巴 貢：等一等。你沒有隨手摸走我什麼東西嗎？

阿　　箭：我摸走您什麼東西呢？

阿 巴 貢：過來我看。伸出你的手。

....

24　1734 年版增補：「（獨白）」。
25　1734 年版增補：「（高聲）」。

阿　　箭：在這兒。

阿 巴 貢：其他的 [26]。

阿　　箭：其他的？

阿 巴 貢：對。

阿　　箭：在這兒。

阿 巴 貢：你那裡面沒藏什麼東西嗎？

阿　　箭：您自己看吧。

阿 巴 貢（他摸阿箭的褲子下端。）：這麼寬的褲子 [27] 簡直就是窩
　　　　　藏贓物的好地方；做這種褲子的人，應該送幾個去
　　　　　吊死。

阿　　箭：啊！這種鐵公雞，就是活該被偷！我要是偷得著，
　　　　　那才叫大快人心！

阿 巴 貢：嗯？

阿　　箭：什麼？

阿 巴 貢：你說偷什麼來著？

阿　　箭：我是說您還是全身上下好好搜一搜，看看我是不是
　　　　　偷了您什麼。

阿 巴 貢：我正要搜。

（他搜阿箭的口袋。）

....

26 這第三隻手的橋段出自《一鍋黃金》，在莫理哀之前，夏皮柔（Samuel Chappuzeau）在《受
騙的吝嗇鬼或稻草人》（*L'avare dupé ou l'homme de paille*，1663 年演出）一劇已沿用此情節，
但把普羅特原文 "ostende tertiam"（「伸出第三隻手給我看」）譯為「伸出另一隻」（"montre
l'autre"），莫理哀的文筆接近夏皮柔的版本。

27 "haut-de-chausses"：齊膝短褲，其褲腿甚寬，為 17 世紀男士的穿著。

阿　　箭：吝嗇和吝嗇鬼都不得好死！

阿 巴 貢：什麼？你說什麼？

阿　　箭：我說了什麼嗎？

阿 巴 貢：對。你說什麼吝嗇，和吝嗇鬼的？

阿　　箭：我說吝嗇，和吝嗇鬼都不得好死。

阿 巴 貢：你在說誰呢？

阿　　箭：那些吝嗇鬼。

阿 巴 貢：誰是吝嗇鬼呢？

阿　　箭：就是那些守財奴，和鐵公雞[28]。

阿 巴 貢：不過你的意思是要說誰呢？

阿　　箭：您擔什麼心呢？

阿 巴 貢：該擔心的，我就擔心。

阿　　箭：您覺得我在說您嗎？

阿 巴 貢：我愛怎麼想就怎麼想；可是我要你告訴我，你說這
　　　　　話的時候是對誰說的。

阿　　箭：我是對……我是對我的帽子說的。

阿 巴 貢：那我，我就是要教訓一下帽子的主人[29]。

阿　　箭：難道您不准我罵那些吝嗇鬼嗎？

---

28 "Des vilains, et des ladres"：這兩個名詞在 17 世紀都是「吝嗇鬼」的同義字。
29 "barrette" 為一種「貝雷帽」（béret），阿巴貢玩文字遊戲，片語 "parler à la barrette de quelqu'un" 意指「責備某人」（Furetière）。

阿 巴 貢：不是；但是我不准你胡說八道，目中無人。給我閉嘴。

阿　　箭：我可沒指名道姓。

阿 巴 貢：你再說，我揍人。

阿　　箭：誰心裡有鬼，自己心中有數。

阿 巴 貢：你閉不閉嘴？

阿　　箭：閉，不過不甘不願。

阿 巴 貢：哈，哈。

阿　　箭（對阿巴貢指著自己外衣的一個口袋。）：看，這裡還有一
　　　　個口袋。您滿意了吧？

阿 巴 貢：好，拿來，省的我搜你身。

阿　　箭：拿什麼？

阿 巴 貢：你拿了我的東西。

阿　　箭：我什麼也沒拿您的。

阿 巴 貢：當眞？[30]

阿　　箭：當眞。

阿 巴 貢：見鬼去吧，快給我滾。

阿　　箭：我就這樣客氣地給掃地出門了。

阿 巴 貢：我至少讓你摸摸自己的良心[31]。有這樣一個該死的下
　　　　人眞是礙眼；看到這個狗瘸子[32]，我就有氣。

---

30 初版為句號，其後版本修正為問號。
31 阿巴貢仍然認為阿箭偷了他的東西。
32 見注釋 4。

⊙ 第四景 ⊙

艾莉絲、克萊昂特、阿巴貢。

阿 巴 貢：的確，家裡有一大筆錢要看著可真不是一件小事；
　　　　　誰能把財產做好投資管理，只留下必要的開銷，那
　　　　　才叫好命。要在整間屋裡找到一個可靠的地方藏錢
　　　　　本來就不太容易：在我看保險櫃就很可疑，我從來
　　　　　就信不過。我覺得那正好是吸引小偷的香餌，要下
　　　　　手偷總是從保險櫃開始。話說回來，昨天人家還我
　　　　　一萬艾居[33]，我埋在花園裡，不知道做得對不對。一
　　　　　萬金艾居放在家裡，數目可是相當……（這時兄妹二
　　　　　人出現，低聲交談。）天啊！我自己就說了出來。我
　　　　　心急如焚；剛才一個人沙盤推演，嗓門一定不小。
　　　　　什麼事？

克萊昂特：沒事，爸爸。

阿 巴 貢：你們來了一陣子嗎？

艾 莉 絲：我們剛到。

阿 巴 貢：你們聽到……

克萊昂特：什麼，爸爸？

阿 巴 貢：得了吧[34]……

艾 莉 絲：什麼？

----

33 "écu"，此處指的是金艾居，為路易十三時期鑄造的金幣；一萬金艾居相當於今日的 130 萬歐元，約合台幣 4,680 萬元，參閱注釋 178。
34 "Là"，為省略的說法，意為 "allons, vous savez bien de quoi il s'agit ..."（「少來了，你們清楚得很……」）。

阿 巴 貢：我剛才説的話。

克萊昂特：沒聽見。

阿 巴 貢：一定聽到了，一定聽到了。

艾 莉 絲：對不起[35]，我們什麼也沒聽到。

阿 巴 貢：我看得出來你們聽到了幾個字。我剛剛是在對自己
　　　　　説，今天要找錢用可眞是難；我説，誰家裡要是有
　　　　　一萬艾居就算好命。

克萊昂特：我們怕打斷您，正在想要不要走近。

阿 巴 貢：我很高興有機會解釋清楚，免得你們誤會，以爲我
　　　　　説自己有一萬艾居。

克萊昂特：我們不介入您的事情。

阿 巴 貢：眞希望我有一萬艾居！

克萊昂特：我不信……

阿 巴 貢：那就太好了。

艾 莉 絲：這些事……

阿 巴 貢：我剛好用得上。

克萊昂特：我想……

阿 巴 貢：那我的問題就結了。

艾 莉 絲：您是……

---

35 "Pardonnez-moi"：此處爲「沒有」之意，爲反駁用的客套語。

阿 巴 貢：那我就不會像現在這樣，抱怨日子不好過了。

克萊昂特：我的天，爸爸，您沒有什麼好抱怨的；大家都知道
　　　　　您有很多財產。

阿 巴 貢：怎麼？我有很多財產。誰這麼說，就是在造謠。真
　　　　　是天大的謊言；散布這種謠言的人都是混蛋。

艾 莉 絲：您不要生氣。

阿 巴 貢：真是聞所未聞！我自己的小孩背叛我，變成我的敵
　　　　　人！

克萊昂特：難道說您有很多財產，就是您的敵人嗎？

阿 巴 貢：沒錯，你說這種話，還有這樣浪費，人家還以為我
　　　　　身懷鉅款[36]，早晚有一天一定會有強盜闖進門來割我
　　　　　的喉嚨[37]。

克萊昂特：我怎樣浪費了？

阿 巴 貢：怎樣浪費了？你穿這身華麗的行頭在市區裡招搖，
　　　　　不惹人說三道四嗎？我昨天才說了你妹妹幾句，原
　　　　　來你更揮霍。這種花錢的方法天理不容；你從頭到
　　　　　腳這身打扮的花費，就足夠拿去投資獲利。我已經
　　　　　對你說過廿遍，孩子，你的所作所為，我看不順
　　　　　眼；你花力氣去學侯爵[38]的派頭；這樣穿下去，你
　　　　　就不得不偷我。

---

36 "cousu de pistoles"：「在衣服的襯裡塞滿了皮斯托」，延伸其意為「非常富有」。「皮斯托」
　的幣值，見注釋40。
37 這句話可能指涉發生在《守財奴》首演前三年（1665）的一件謀殺案，巴黎警局的刑事長
　Jacques Tardieu 和妻子雙雙在家遭竊賊謀殺，兩人均因慳吝出名。
38 Marquis，此處是貶義，指那些模仿貴族派頭和談吐的人。

克萊昂特：唉！怎麼個偷法？

阿　巴　貢：我怎麼知道？你穿得這麼氣派，請問錢是從哪裡來的呢？

克萊昂特：您問我嗎？爸爸：因為我賭錢；我手氣很好，把贏來的錢全用在自己身上。

阿　巴　貢：這個辦法糟透了。要是你的手氣很好，就該好好利用，把贏來的錢拿去投資，賺點過得去的利息，等時間一到，再連本帶利拿回來。別的先不說，我很想知道，你從頭到腳裝點了這些緞帶做什麼用呢？難道幾條細繩子[39] 還不夠拉住一條褲子嗎？我們腦袋上既然天生長著頭髮，不花你半毛錢，還有必要花錢去買假髮嗎？我敢打賭假髮和絲帶，少說也要20 皮斯托[40]；12 個代尼耶的利息是 1 個代尼耶[41]，20皮斯托每年就有 18 法朗 6 蘇 8 代尼耶的收入[42]。

克萊昂特：您說得是。

阿　巴　貢：先不說這些，談談別的。咦？他們兩人彼此在打暗號，看來是要偷我的錢包。你們倆在比劃什麼呢？

艾　莉　絲：我們正猶豫[43]，哥哥和我，誰先開口；我們兩人都有

---

39 aiguillette 是繫住褲頭和短上衣的細繩子；當年流行用絲帶繫齊膝短褲，不用絲帶的人被視為趕不上流行或小氣，這點也是吝嗇文學愛取笑的小氣習性之一，參閱本書〈導讀〉4.2「靈魂之疾」一節。

40 皮斯托（pistole）是西班牙和義大利鑄造的金幣，1 皮斯托合 11 法朗（franc）或 11 鎊，約等於今日的 130 歐元；1 法朗（約 11 歐元）合 20 蘇（sou），1 蘇合 12 代尼耶（denier）。在17 世紀，「鎊」和「法朗」二字混用。

41 "au dernier douze"，合 8.3% 年利。此外，父親教訓兒子，也是假面喜劇的經典橋段，在《受騙的吝嗇鬼或稻草人》一幕八景即有類似場面。

42 阿巴貢心算速度很快。

43 marchander 一字指猶豫不決，在兩個選項之間搖擺（Furetière）。

話要對您說。

阿 巴 貢：我呢，也有話要對你們兩個説。

克萊昂特：爸爸，我們想跟您談的是婚事。

阿 巴 貢：我要跟你們談的也是婚事。

艾 莉 絲：啊！爸爸。

阿 巴 貢：叫什麼叫呢？女兒，你是怕這個詞，還是怕這件事？

克萊昂特：您對婚事的看法，讓我們兩人害怕；我們怕您選定的人不合我們的心意。

阿 巴 貢：別急。不要大驚小怪。我知道適合你們兩個人的另一半；我做的安排你們兩個人誰也沒得抱怨。言歸正傳；你告訴我，有沒有見過一位住在附近的小姐，名叫瑪麗安？

克萊昂特：見過，爸爸。

阿 巴 貢：你呢？

艾 莉 絲：我聽人説過。

阿 巴 貢：兒子，你覺得這位小姐如何？

克萊昂特：非常可愛。

阿 巴 貢：她的相貌呢？

克萊昂特：非常高尚，聰明又伶俐。

阿 巴 貢：她的舉止風度呢？

克萊昂特：值得稱讚，這沒話說。

阿　巴　貢：這樣好的一位小姐，值不值得考慮娶進門呢？

克萊昂特：值得，爸爸。

阿　巴　貢：這是一個理想的對象嘍？

克萊昂特：非常理想。

阿　巴　貢：她看起來可以持家？

克萊昂特：毫無問題。

阿　巴　貢：娶到她的人會滿意嗎？

克萊昂特：一定。

阿　巴　貢：只有一個小難題；娶她的話，我們預期的嫁妝[44]恐怕就落空了。

克萊昂特：啊！爸爸，既然目標是要找一個好對象，就不用考慮嫁妝了。

阿　巴　貢：話不是這麼說，話不是這麼說。應該說，我們想要的嫁妝要是沒到手的話，那就要想辦法在別的名目上補回來。

克萊昂特：這是當然。

阿　巴　貢：總之我很高興你和我的想法一致：她舉止善良，個性溫柔，贏了我的心；我決心娶她，只要她帶一點嫁妝過來。

---

44 "le bien"，「財產」，阿巴貢並未直接說出「嫁妝」（dot）一字，而是用婉語，以下同。按照社會階層高低，丈夫可以預期嫁妝的多寡。

克萊昂特：呃？

阿 巴 貢：怎麼回事？

克萊昂特：您說，您決心⋯⋯

阿 巴 貢：娶瑪麗安。

克萊昂特：誰？您嗎？您？

阿 巴 貢：對，我，我；就是我。你這是什麼意思？

克萊昂特：我忽然間頭昏眼花，我最好去休息一下。

阿 巴 貢：沒事沒事。到廚房去喝一大杯涼水就好了。看看我
們這些弱不禁風的公子哥兒們[45]，手無縛雞之力。女
兒，我自己的婚事就這麼決定了。至於你哥哥，我
為他選定了一個寡婦，是今天早上人家來跟我提的
親；你呢，我把你許配給昂塞姆大人。

艾 莉 絲：嫁給昂塞姆大人？

阿 巴 貢：對。一位成熟、謹慎、明智的人，半百不到，聽說
家產很多。

艾 莉 絲（屈膝行禮。）：我不想出嫁，爸爸，對不起。

阿 巴 貢（學她行禮。）：我呢，我的寶貝女兒，我要你出嫁，
對不起。

艾 莉 絲：爸爸，我求您原諒。

阿 巴 貢：女兒，我求你原諒。

---

45 "Damoiseaux flouets"，damoiseau 指一個風流倜儻的男子，極重視外貌；flouet：身體纖弱，
體格不佳，不健壯（Furetière）。

艾　莉　絲：請昂塞姆大人不要見怪[46]；不過，請您諒解，我絕不嫁他。

阿　巴　貢：請你不要見怪；不過，請你諒解，你今天晚上就要嫁他。

艾　莉　絲：今天晚上？

阿　巴　貢：今天晚上。

艾　莉　絲：不行，爸爸。

阿　巴　貢：行，女兒。

艾　莉　絲：不成。

阿　巴　貢：成。

艾　莉　絲：不嫁，我告訴您。

阿　巴　貢：要嫁，我告訴你。

艾　莉　絲：您勉強不了我。

阿　巴　貢：我偏要勉強你。

艾　莉　絲：我寧可一死，也不嫁這種丈夫。

阿　巴　貢：你死不了，而且要嫁給他。不過，瞧你的膽子多大！有誰見過哪個女兒是這樣和父親講話的？

艾　莉　絲：可是有誰又見過哪個父親是這樣嫁女兒的？[47]

阿　巴　貢：這個對象沒得挑剔；我打賭這門親事大家都贊成。

----

46 片語 "Je suis votre [...] servante (valet)"，意即 "sauf votre respect"，反駁用的敬語。
47 這個父女口角橋段也出自假面喜劇。

艾　莉　絲：我呢，我打賭沒有一個講理的人會贊成。

阿　巴　貢：瓦萊爾來了；你同不同意讓他來評斷我們兩個人的
　　　　　　　爭執？

艾　莉　絲：同意。

阿　巴　貢：你服從他的判決嗎？

艾　莉　絲：服從。他說什麼，我照做。

阿　巴　貢：一言為定。

⊙ 第五景 ⊙

瓦萊爾、阿巴貢、艾莉絲。

阿　巴　貢：過來，瓦萊爾。我們選你來告訴我們誰有道理，是
　　　　　　　我女兒，還是我。

瓦　萊　爾：是您，老爺，毫無疑問。

阿　巴　貢：你知道我們在談什麼嗎？

瓦　萊　爾：不知道。不過您鐵定錯不了，您總是有道理。

阿　巴　貢：我今天晚上要把她嫁給一位既有錢又穩重的人；可
　　　　　　　是這個混蛋丫頭 [48] 居然回嘴說，她才不肯嫁他。這
　　　　　　　件事，你怎麼說？

瓦　萊　爾：我怎麼說？

阿　巴　貢：是。

---

48 "coquine"，原罵不老實的小人（Furetière）。

瓦　萊　爾：呃，呃。

阿　巴　貢：什麼？

瓦　萊　爾：我說其實我和您的看法一致；您不可能沒有道理。
　　　　　　不過她也不是完全無理，再說……

阿　巴　貢：怎麼？昂塞姆大人可是一位不容錯過的好對象；他
　　　　　　出身貴族[49]，為人高貴、溫文、沉著、明智，又很富
　　　　　　有，前妻也沒留下一男半女。她還能碰到更好的人
　　　　　　選嗎？

瓦　萊　爾：話是沒錯。不過她或許會對您說這事有點操之過
　　　　　　急，她至少需要一點時間看看自己合不合適，再
　　　　　　說……

阿　巴　貢：這門親事機不可失。這樁婚事有個好處，是我在
　　　　　　別處得不到的；昂塞姆大人保證娶她過門，不要嫁
　　　　　　妝[50]。

瓦　萊　爾：不要嫁妝？

阿　巴　貢：對。

瓦　萊　爾：啊！我沒得說了。你瞧，這個理由教人心服口服；
　　　　　　應該照辦才對。

阿　巴　貢：我可以省下一大筆開銷。

瓦　萊　爾：當然，這點沒有反駁的餘地。話說回來，您的小姐

49 "Gentilhomme"，在 17 世紀為「貴族」之意，下文 "noble"「為人高貴」一字則是指新貴族，
　其中有不少是假冒的，參閱本劇五幕五景。
50 在《一鍋黃金》二幕二景中，厄克里翁也說了三次女兒出閣沒有嫁妝，但每回用的字略有出
　入，莫里哀則是用同樣的字彙說了六次，且自然無比，令人忍俊不禁。

可能想要讓您了解，婚姻可是終身大事；這影響到
她一生的幸福；要簽訂這種一輩子的契約[51]，非得小
心謹慎不可。

阿 巴 貢：不要嫁妝。

瓦 萊 爾：有道理。這點決定了一切，不必解釋，人人都懂。
不過有些人也可能會對您說，像這種關係一生一世
的事，女兒的意願絕對應該列入考慮；何況年齡、
性格和情感相差這麼多，婚後難保不出麻煩的意
外。

阿 巴 貢：不要嫁妝。

瓦 萊 爾：啊！這話沒得反駁。大家都懂。誰又能反對得了
呢？不過這不是說世上沒有很多父親寧願女兒終身
幸福，而不是計較嫁妝要給多少；他們全心全意促
成兒女婚姻和諧，夫妻兩人互敬互愛，不吵不鬧，
快快樂樂過一輩子，說什麼也不肯為了利益而犧牲
女兒的幸福；而且……

阿 巴 貢：不要嫁妝。

瓦 萊 爾：這話是沒錯。「不要嫁妝」，把所有的嘴巴都堵住
了。理由十足，誰反對得了？

阿 巴 貢（他朝花園看。）：哦喲。我好像聽到有狗在叫。不會
是有人想偷我的錢吧？不要走開，我這就回來。

艾 莉 絲：瓦萊爾，像你這樣和他說話，不是在開玩笑嗎？

---

51 17世紀不可能離婚，至多只能向教會要求分居，向司法要求財產分家。

瓦　萊　爾：我是爲了要更順利達到目的，千萬不能刺激他。正面頂撞，事情就搞砸了；對付某些人，只能迂迴行事；他們痛恨一切抗拒；天性倔強，聽到眞理就想反抗，碰到理智的正路就用力抵住不走，要是不兜圈子[52]，他們不可能跟著我們走。你假裝順著他的心意，反而容易達到目的，何况⋯⋯

艾　莉　絲：可是瓦萊爾，這椿婚事怎麼辦呢？

瓦　萊　爾：找些藉口來擋。

艾　莉　絲：不過要是今天晚上就得完婚，還有什麼辦法可想呢？

瓦　萊　爾：那就必須往後延，裝病。

艾　莉　絲：要是找了醫生來看病，不就當場拆穿了。

瓦　萊　爾：你是在開玩笑嗎？醫生難道就眞懂醫術嗎？得了吧，你愛裝什麼病就裝什麼病，他們總是有話可說，隨口就指出你是生了什麼病。

阿　巴　貢：幸虧沒事，謝天謝地。

瓦　萊　爾：説到底，我們還有最後一招，那就是一走了之；美麗的艾莉絲，假使你的愛情堅定不移⋯⋯（瞥見阿巴貢。）是的，一個女兒必須服從父親。她不應該過問丈夫的爲人；一碰到「不要嫁妝」的眞理，要她嫁給誰，她就應該嫁。

52　"rétif"（倔強）、"cabrer"（直立、反抗）、"on ne mène qu'en tournant"（兜圈子走路）都是從馬術借來的隱喻。

阿　巴　貢：好。這話說得好。

瓦　萊　爾：老爺，對不起，我有點激動，才會這樣大膽地數落
　　　　　　她。

阿　巴　貢：怎麼？我聽了高興得很，我要她完全聽你的話。[53] 沒
　　　　　　錯，你即使逃走也無濟於事。我把上天給我管教你
　　　　　　的權力轉給他，他對你說什麼，我要你照做。

瓦　萊　爾：以後，看您還聽不聽忠告。老爺，我這就跟著她
　　　　　　走，好繼續教導她。

阿　巴　貢：好，感激不盡。的確⋯⋯

瓦　萊　爾：嚴加管教 [54] 對她有好處。

阿　巴　貢：對。務必⋯⋯

瓦　萊　爾：您不必操心，我相信我可以讓她聽話。

阿　巴　貢：去吧，去吧。我要到市區一趟，一會兒就回來。

瓦　萊　爾：是的，錢是世界上最寶貴的東西；您應該感激老天
　　　　　　爺，給您一位正人君子當父親。他懂得過日子是怎
　　　　　　麼回事。有人自願娶一位小姐，不要嫁妝，當事人
　　　　　　就不應該再過問別的。「不要嫁妝」已經包含所有
　　　　　　一切：美麗、青春、門第、名譽、智慧和正直。

阿　巴　貢：啊！好孩子！說起話來簡直像是有神明指點一樣。
　　　　　　有這樣一個僕人真是福氣！

53　1734 年版增補：「（向艾莉絲）」。
54　片語 "tenir la bride haute à quelqu'un"，意思是不讓人自由行動，這也是一個馬術隱喻。

第 二 幕

⊙ 第一景 ⊙

克萊昂特、阿箭。

克萊昂特：啊！你這個小滑頭，你躲哪兒去了？我不是叫你
要……

阿　　箭：有，少爺，我剛剛一直都守在這裡等您回來；不過
令尊，這個最無禮的人，也不管我願不願意就把我
趕出門外，我還差點兒挨揍。

克萊昂特：我們的事情辦得怎麼樣？情勢變得很緊急；剛剛找
不到你，我發現老爸是我的情敵。

阿　　箭：令尊大人在鬧戀愛？

克萊昂特：沒錯；聽到這個消息，我心亂如麻，花了好大力氣
才沒讓他看出來。

阿　　箭：他搞戀愛！他是怎麼一回事？跟世人開玩笑嗎？像
他這種人也能談情說愛？

克萊昂特：他居然想到要談這段戀愛，我一定是咎由自取。

阿　　箭：可是您爲什麼要瞞住自己的愛情呢？

克萊昂特：免得他疑神疑鬼，必要的時候，也方便我想個對策
來扭轉他的婚事。對方是怎麼回覆的？

阿　　箭：說實在的！少爺，要借錢的人都是走霉運的；像您

這樣手頭不便，被逼得向放款人[55]伸手借錢，也只好忍受一些怪事！

克萊昂特：事情沒有結果嗎？

阿　　箭：對不起。人家介紹給我們的仲介西蒙老板做事積極，人又熱心，他說爲您的事四處奔波；他還打包票說，單憑您的相貌就對您有好感。

克萊昂特：我借得到我要的一萬五千法朗吧？

阿　　箭：沒問題；不過要是您希望事情談得成，還有幾個小條款要接受。

克萊昂特：他有讓你和那個放款人談一談嗎？

阿　　箭：啊呀！眞是的，事情不是這樣辦的。那個放款人比您還要小心，他不願意暴露身分，這其中的奧妙您想都想不到。對方壓根兒不想報上大名，打算今天在一間借來的房子裡和您見面，親自從您的口中了解您的家產和身世；我保證憑著老爺的名姓，這筆交易一定談得成。

克萊昂特：更何況我母親已經過世，她留給我的財產，別人拿不走。

阿　　箭：這裡有幾條他口述給我們中間人的條款，借錢之前要先看過：

「假設債權人已有一切保障，且債務人已經成年，

---

55 fesse-mathieu 是「放高利貸者」的婉稱（Furetière），這句話來自片語 "il fait le saint Matthieu"，耶穌的門徒馬太在改信基督教之前是羅馬帝國稅吏長，當時被蔑視為放高利貸者。

家產富足、可靠、有擔保、清楚明確，且無任何糾
紛；雙方始可在一個最正直的公證人面前簽定具效
力且確實之借據，爲此目的，公證人應由債權人選
定，因此項文件是否合乎法規，和債權人關係最
大。」

克萊昂特：這條沒什麼好討論的。

阿　　箭：「債權人，爲了免除良心上任何的不安[56]，提議所貸
款項以年息 5.5% 計[57]。」

克萊昂特：年息 5.5% 嗎？當然囉，眞是個老實人。這條也沒什
麼好說的。

阿　　箭：說的是。

「但該債權人手邊並無這筆款項，爲滿足債務人之
所需，他本人不得不以 20% 的利率[58]向別人週轉；
故上述第一債務人理應負擔此項利息，再加上前述
5.5% 的利息[59]，因上述債權人之所以轉借此款，僅爲
服務債務人而已。」

克萊昂特：活見鬼了！這傢伙是個什麼樣的猶太人，什麼樣的
阿拉伯人[60]啊？這比 25% 的利息[61]還高呀[62]。

56　天主教譴責放高利貸。
57　"au dernier dix-huit"，「以 18 個、1 個利」，意即年息 5.5%。為解決高利貸問題，1665 年頒
布法令將貸款利率降到 5%。
58　"sur le pied du dernier cinq"，「5 個、1 個利」，換句話說，利息 20%。
59　"sans préjudice du reste"，「不得損害其他」，意即不得損害阿巴貢原應得的 5.5% 利息。
60　「吝嗇、殘忍、暴君〔……〕。這個放高利貸者對他的債務人是個阿拉伯人，他會搜刮一空」
（Furetière）。
61　"au dernier quatre"，「以 4 個、1 個利」，即利息 25%。
62　兩項利率加起來，克萊昂特需要付出 25.5% 的利息，比 25% 高。如果再加上下文提及將由一
堆舊貨取代三千法朗，折價出賣後，克萊昂特很可能將付出總共近 40% 的利息，見 Georges
Couton, "Notice de *L'Avare*", *Oeuvres complètes*, de Molière, vol. II (Paris, Gallimard, «Pléiade»,

阿　　箭：沒錯，我就是這麼說的。您再考慮考慮吧。

克萊昂特：你要我考慮什麼呢？我需要錢，不得不同意所有條件。

阿　　箭：我就是這麼答覆的。

克萊昂特：還有別的條件嗎？

阿　　箭：只有一個小條款。

> 「所要求的一萬五千法朗，債權人只有一萬兩千法朗現金，其餘的三千法朗，債務人須接收一批舊衣、雜物及首飾等等，內容如清單所示，其價格已由上述債權人出於善意，訂出可能的最低價格。」

克萊昂特：這是什麼意思？

阿　　箭：聽聽清單的內容吧。

> 「首先，床一張，寬一米三[63]，上鋪橄欖綠高雅床單一件，以長條匈牙利針鉤[64]沿四周點綴；外帶椅子六把，及同花色床罩；全為上等材質，並用紅藍閃光綢緞收邊。」

> 「外加，床帳[65]一頂，料子是歐馬耳出產的淺玫瑰色上好斜紋嗶嘰[66]；下綴各式絲質流蘇[67]。」

1971), p. 512。

63　"quatre pieds"，pied 應為舊制的長度單位，1 pied 相當於 0.324 公尺。

64　"points de Hongrie"：一種人字形圖案的針鉤法，用在刺繡和編織掛毯上；此處上下文讀起來給人一種完全退流行的感覺。

65　"Pavillon à queue"：吊在天花板上，像是帳篷般罩住床鋪，已退流行，只用在僕人床上（Furetière）。

66　歐馬耳（Aumale），在法國西北部，此種嗶嘰（serge）材質一般，價值不高。

67　"le mollet et les franges de soie"，mollet 是一種小流蘇（frange），「一手指寬，用來裝飾家具」（Furetière）。

克萊昂特：他要我拿這些東西做什麼用呢？

阿　　箭：等一等。

「另加，掛毯一組，上繡貢博和瑪塞[68]的愛情故事。

另加，胡桃木長桌一張，下有 12 根圓柱或雕刻的桌腳[69]，桌子兩頭可拉長，底下配六張小板凳[70]。」

克萊昂特：見鬼了，我要這些東西……

阿　　箭：耐心點。

「另加，大型火槍三支，鑲珍珠貝殼，附上相襯叉架三件[71]。

另加，磚製火爐一座，附蒸餾瓶一對，及容器三件，對蒸餾愛好者極為有用。」

克萊昂特：氣死我啦。

阿　　箭：沉住氣。

「另加，波隆納魯特琴一把[72]，琴弦俱在，缺亦有限。

另加，檯球桌[73] 一張，棋盤一副，搭配傳自希臘的鵝棋賽[74]，無所事事之際，消磨時光最合宜。

68 Gombault et Macée 是 16 世紀流行的田園小說主角，貢博是個牧羊人，瑪塞為農家女，兩人結婚，後來貢博不幸被狼咬死。這組掛毯共有八景，呈現這對夫妻的鄉居生活，有詩有畫，最早的一幅於 1532 年編入目錄，因此到了本戲首演的 1668 年，已經是完全過時的玩意。
69 "piliers tournés"，為路易十三時代的家具，1668 年本劇首演時已退流行。
70 "Escabelles"，木板凳，同樣在路易十四時期退流行，被更舒適的扶手椅取代。
71 "Fourchettes"，指放在地上的叉架以支撐笨重的火槍（mousquet）作為瞄準之用，1650 年後已經被淘汰。
72 "un luth de Bologne"，以材質佳聞名，發出來的樂音很美（Furetière）。
73 "Trou-Madame"，類似現在的撞球，桌面上有 13 個洞，用 13 個小球打。
74 "Jeu de l'Oie"，相傳是圍攻特洛伊古城時，希臘士兵為排遣時光而發明的遊戲。

另加，蜥蜴皮 [75] 一張，長一米一，內塞乾草；懸掛在內室天花板上，誠為賞心悅目之珍奇。

上述所有物件實價超過四千五百法朗，但債權人審己度人，願降為三千法朗 [76]。」

克萊昂特：審己度人，見鬼去吧，奸詐狡猾，一個劊子手。有人借錢要求這麼高的利息嗎？要這種逼死人的利息還不滿足，還強迫我用三千法朗買下他那一堆破銅爛鐵？那些東西我連六百法朗也賣不到；而我還不得不乖乖接受他的條件；因為他有權要我照單全收，這個惡棍，簡直是拿刀架在我的脖子上。

阿　　箭：少爺，您聽了別不高興，我看您走的路正是巴紐爾居走的那一條毀滅大道，錢先拿來用再說，貴買賤賣，寅吃卯糧 [77]。

克萊昂特：那你要我怎麼辦呢？年輕人就是這樣被愛財如命的父親逼到走投無路的地步；可是居然還有人覺得不可思議，怎麼會有做兒子的希望老爸早日歸西 [78]。

阿　　箭：我不得不承認像令尊這麼利慾薰心的人，連最穩重的人見了也免不了要大動肝火。謝天謝地，我可不

75　這應該是鱷魚標本，原應吊在「奇珍收藏櫥」的天花板上，是早期科博館的收藏。
76　原文為「一千艾居」。上述借貸的附加條件是義大利喜劇的經典場景之一。博侯貝（Boisrobert）在其《美麗的原告》（*La belle plaideuse*）只用四行詩提及用古怪的貨品折抵放款金額（四幕二景）。
77　"mangeant son blé en herbe"：「寅吃卯糧，耗費錢財」之意，典故出自拉伯雷之《巨人傳》，巴紐爾居（Panurge）是巨人龐大固埃（Pantagruel）的伙伴，很機靈也很浪費（第三卷第二章）。
78　這句話聽起來可怕，其實為 17 世紀喜劇文學的陳詞，詳閱 Riffaud, "Notes : L'Avare", *Oeuvres complètes*, dir. Forestier, *op. cit.*, p. 1339, note 18；參閱《先生學堂》一幕二景、《唐璜》四幕五景。

想被吊死；我的同行裡，有些人不怕捲入小奸小惡
的勾當中，不過我懂得見機行事，小心避開那些會
被抓去吊死的風流勾當[79]；但是，說真的，令尊的所
作所為，倒是讓我忍不住想偷他；我相信，偷他的
錢，算是上道。

克萊昂特：清單拿過來，我再看一下。

⊙ 第二景 ⊙

西蒙老板、阿巴貢、克萊昂特、阿箭。

西蒙老板：沒錯，先生，是個年輕人需要錢用。他急著到處
　　　　　找，您開的條件，他全都接受。

阿　巴　貢：不過西蒙老板，你確信這其中沒有任何風險嗎？你
　　　　　清楚你說的這個人他的姓名、財產和家世嗎？

西蒙老板：不是很清楚，我沒辦法詳細告訴您，他是別人碰巧
　　　　　介紹給我認識的；不過待會兒他本人來了會當面對
　　　　　您說明清楚；他的下人向我擔保，認識他以後，包
　　　　　您安心。我能告訴您的，就是他的家境非常富裕，
　　　　　母親已經過世；而且這麼說也可以，他管保他父親
　　　　　不到八個月就會往生。

阿　巴　貢：這可以再考慮考慮。做人要慈悲為懷，西蒙老板，
　　　　　在能力範圍之內盡量幫助別人。

---

79 "galanteries"，此處取其諷刺意味，一些風流韻事確實可能被判處絞刑。

西蒙老板：這是當然。

阿　　箭：搞什麼鬼？我們的西蒙老板和令尊在講話。

克萊昂特：有人告訴他我是誰嗎？難道是你通風報信嗎？

西蒙老板[80]：喔，喔，你真是急性子！是誰告訴你在這兒碰頭的？[81] 先生，無論如何，不是我透露您的大名和住址；不過，依我看，這也沒什麼大不了的。他們口風很緊，你們在這兒可以一起好好談談。

阿 巴 貢：怎麼回事？

西蒙老板：這位先生就是我剛跟您提過的，想向您週轉一萬五千法朗的人。

阿 巴 貢：怎麼，該死的，是你花錢花到違法犯紀嗎？

克萊昂特：怎麼，爸爸，是您貪財貪到不知羞恥嗎？

阿 巴 貢：是你想借這種該死的高利貸借到破產？

克萊昂特：是您想賺這種非法的暴利賺到暴發？[82]

阿 巴 貢：做出這種事，你還敢見我？

克萊昂特：做出這種事，您還敢見人？

阿 巴 貢：你不覺得可恥嗎？回答我：這樣尋歡作樂，這樣揮霍無度，這樣浪費你父母親汗流浹背為你積存下來的錢？

80　1734 年版增補：「（向阿箭）」。
81　1734 年版增補：「（向阿巴貢）」。
82　兒子意外向放高利貸的父親借錢情節，出自《美麗的原告》。

克萊昂特：您不臉紅嗎？做的這一行敗壞名聲，爲了攢下一個
　　　　　又一個艾居，永不滿足，不惜犧牲名望顏面？爲了
　　　　　多賺幾分利息，還耍不入流的手段，行事比最臭名
　　　　　昭彰的吸血鬼更下流？

阿　巴　貢：你給我滾，混帳東西，我不要再見到你。

克萊昂特：照您看來，有一個人缺錢所以找人借，另一個用不
　　　　　到卻下手偷，哪一個人犯的錯比較大？[83]

阿　巴　貢：滾蛋，我說了，這些話教人火大，我聽夠了。[84]出這
　　　　　個意外我不生氣；這對我倒是個警訊，他的一舉一
　　　　　動，以後要更加留意。

⊙ 第三景 ⊙

弗西娜、阿巴貢。

弗　西　娜：先生……

阿　巴　貢：等一下。我回頭就來。[85]我最好去看看我那一大筆錢。

⊙ 第四景 ⊙

阿箭、弗西娜。

阿　　　箭：這個意外眞是古怪。他一定是在什麼地方有個堆破

....

83　上述父子針鋒相對的論點出自 17 世紀針砭家長慳吝、孩子浪費、以及吝嗇主題的道德論述
　　和訓誡。
84　這句話是獨白。
85　1682 年版增添：「（旁白）」。

　　　　　　爛的大倉庫；清單上列的東西，我們在這裡一樣也
　　　　　　沒見過。

弗　西　娜：嘿！是你，我可憐的阿箭！怎麼會在這裡碰到你
　　　　　　呢？

阿　　　箭：啊，啊，是你，弗西娜，你來這裡做什麼呢？

弗　西　娜：就是我的老本行囉；給人家牽牽線，幫忙喬事情，
　　　　　　靠我的小聰明盡量賺點錢用。你知道在這世界上討
　　　　　　生活可得機靈一點，像我這種人，除了使詭計、要
　　　　　　手段，老天爺沒給我別的本事。

阿　　　箭：你跟這屋裡的主人有生意往來？

弗　西　娜：有，我為他辦件小事，希望能拿點酬勞。

阿　　　箭：從他那裡？啊，我的天，你要是能擠出什麼東西
　　　　　　來，那算你有本事；我送你一個忠告，這裡的錢可
　　　　　　是很不容易到手的。

弗　西　娜：有一些忙幫了說不定會有大筆進帳。

阿　　　箭：省省吧[86]；你還不知道阿巴貢大爺的為人。阿巴貢大
　　　　　　爺是世間最不講人情的人；所有凡人中最無情、手
　　　　　　頭攢得最緊的人。任憑你幫了多大的忙，他有多感
　　　　　　激，也絕不可能要他鬆開手給你半毛錢的。你想要
　　　　　　恭維、敬意、好聽話、交情，要多少有多少；可是
　　　　　　一說到錢，門兒都沒有。他的感激、他的好意最乾
　　　　　　巴巴、最一毛不拔；再說，「給」這個字眼讓他這

───────────────────────────

86 "Je suis votre valet"：「我是你的僕人」，此處為反諷的駁斥。

麼討厭，所以他從不說「我給你」[87]，而是說：「我借你早安」。

弗　西　娜：我的天！我知道怎麼從男人身上擠出錢來。我有訣竅打動他們的溫情，搔到他們心底的癢處，找到他們敏感的地方。

阿　　　箭：在這裡全不管用啦。我向你下戰帖：打動這個人的心，讓他把錢掏出來。在這方面他是個土耳其人[88]，無情無義，教人絕望；他可以眼睜睜地看著你斷氣，無動於衷。總歸一句話，他愛錢，勝過名聲、榮譽、道德；一見到有人要錢，他就渾身抽搐。這等於是打中他的要害、刺穿他的心、挖掉他的內臟；再說要是……不過，他回來啦；我得閃人了。

⊙ 第五景 ⊙

阿巴貢、弗西娜。

阿　巴　貢：還好沒事。喲，弗西娜，有什麼事嗎？

弗　西　娜：啊，我的天！您的身體真硬朗！看您的氣色多好！

阿　巴　貢：誰？說我嗎？

弗　西　娜：我從來沒見過您的臉色這麼朝氣蓬勃，這麼精力充沛。

阿　巴　貢：真的嗎？

87　原文直譯：「我給你早安」。
88　以殘忍、無情出名。

弗 西 娜：怎麼？您這一輩子還沒像現在這麼年輕過；我看過一些 25 歲的人比您還要老氣呢。

阿 巴 貢：可是，弗西娜，我已經整整 60 了。

弗 西 娜：唉呀，60 歲，算得了什麼呢？那又如何？這可是人生的黃金時期呀；您現在正當盛年。

阿 巴 貢：話是沒錯；不過少個 20 來歲，我看也沒什麼不好。

弗 西 娜：您是在開玩笑吧？用不著；您的體格可以活到百歲[89]。

阿 巴 貢：你信嗎？

弗 西 娜：當然。您全身上下都看得出來。您請站起來一下。喔！看看這裡，您的雙眼之間有個長壽痣！

阿 巴 貢：你懂這個？

弗 西 娜：我當然懂。您的手我看看。喔！我的天！這條生命線多麼長！

阿 巴 貢：怎麼了？

弗 西 娜：您沒有看到這條線走了多遠嗎？

阿 巴 貢：那麼，這是什麼意思呢？

弗 西 娜：相信我，我剛剛說百歲，其實會超過 120 歲。

阿 巴 貢：可能嗎？

---

89 這段老頭和阿諛者的對話應出自阿里奧斯托（Arioste）之《冒牌者》（*I suppositi*, 1509）一幕二景，一名食客也同樣恭維一位老醫生精力旺盛，保有青春活力，可以活到百歲，Claude Bourqui, *Les sources de Molière : Répertoire critique des sources littéraires et dramatiques* (Paris, SEDES, 1999), p. 232。

弗 西 娜：我告訴您，要您斷氣，除非活活把您打死；有朝一
　　　　　日您得要埋葬自己的孩子，還有孩子的孩子。

阿 巴 貢：再好不過。我們的事進行得如何？

弗 西 娜：這還用問嗎？我攬的事，有誰見過失手的嗎？說起
　　　　　做媒，更是如此，我特別有天分。只要給我一點時
　　　　　間，世間沒有我撮合不了的男女；我相信，只要我
　　　　　動一下腦筋，土耳其皇帝就會和威尼斯共和國結爲
　　　　　連理[90]。您這件事當然沒這麼大困難。我和這個女孩
　　　　　子家裡素有來往，和她們母女倆都談過您，我還對
　　　　　她母親提到您有意娶瑪麗安爲妻，因爲您看到她從
　　　　　街上走過，見到她在窗口透氣。

阿 巴 貢：她回答說……

弗 西 娜：她高高興興地答應了；後來我向她提起，您的女兒
　　　　　今晚要訂婚，很希望她的女兒能來參加，她馬上說
　　　　　好，託我帶女兒過來。

阿 巴 貢：弗西娜，所以我不得不請昂塞姆大人來吃晚飯；她
　　　　　能來，我很高興。

弗 西 娜：說的是。吃過午飯，她就過來拜訪令嬡，之後打算
　　　　　去逛逛市集[91]，再回來您府上吃晚飯。

阿 巴 貢：好，她們一起坐我的馬車去，我借她們車。

90　威尼斯和土耳其在地中海東部流域長年交戰，1667-1668 年間，法國還派了遠征軍去支援威
　　尼斯，巴黎報紙定期報導戰事，弗西娜開的玩笑指涉當年時事。
91　聖羅蘭市集（Foire Saint-Laurent）在每年 6 月 28 日至 9 月 30 日舉行，聖日耳曼市集（Foire
　　Saint-Germain）則是 2 月 3 日至棕枝主日，市集提供各色娛樂如丑戲、走鋼索等，爲絕佳的
　　社交場合。此戲首演爲 9 月 9 日，正逢聖羅蘭市集，加強了劇情寫實的背景。

弗　西　娜：那再好不過。

阿　巴　貢：不過，弗西娜，你有沒有和她母親談過能給女兒多
　　　　　　少陪嫁 92 呢？你有沒有告訴她碰到這種狀況，她就
　　　　　　應該多少動點腦筋 93，出點力，流點血？説到底，一
　　　　　　位小姐不帶點東西出嫁，是沒人娶的。

弗　西　娜：哪裡的話？這位小姐每年會帶給你一萬兩千法朗的
　　　　　　進帳。

阿　巴　貢：一萬兩千法朗！

弗　西　娜：正是。首先，她從小到大就吃得很省。吃慣了沙
　　　　　　拉、牛奶、乳酪和蘋果，所以她吃飯既用不著大魚
　　　　　　大肉、清燉肉湯，也用不著大麥美容汁 94，或者是
　　　　　　其他女人少不了的精緻美食；這些開銷可不便宜，
　　　　　　每年至少省下三千法朗。再説，她只愛樸素雅緻，
　　　　　　不愛華麗的衣服，也不喜歡昂貴珠寶、精品家具，
　　　　　　像她這個年紀的女孩沒有人不熱衷的；這一項一年
　　　　　　就值四千多法朗。還有，她討厭賭博，這點跟時下
　　　　　　的女人不一樣；我知道我家附近，有個女的今年玩
　　　　　　「三十分和四十分」95，一共輸了兩萬法朗。不過我
　　　　　　們就算四分之一好了。一年在賭錢上就省了五千法
　　　　　　朗，衣服和珠寶省了四千法朗，這就省下九千法
　　　　　　朗；伙食費呢，我們就算三千法朗，一年不就給了

92　參閱注釋 44。
93　"elle s'aidât un peu"，意思是說她也必須出點力才能得到阿巴貢的幫忙（娶她的女兒）。
94　當時婦女認為大麥去殼熬汁喝，氣色會好，有滋補作用（Furetière）。
95　一種撲克牌賭戲，越靠近 30 分越多，31 分贏雙倍，但 40 分輸雙倍（Furetière）。打趣女
　　人好賭，常見於當時的世俗文學。

您整整一萬兩千法朗嗎？

阿　巴　貢：對，這些款項聽起來不錯；不過這筆帳一點也不實
　　　　　　在。

弗　西　娜：對不起。你娶了一個女人進門，她吃東西節制，穿
　　　　　　衣服喜歡簡單樸素，又痛恨賭博，這一切讓您省很
　　　　　　多，難道不實在嗎[96]？

阿　巴　貢：把她一點也用不到的開銷全部當成嫁妝[97]，簡直是在
　　　　　　開玩笑。貨沒到手，我不寫收據；我非得撈點什麼
　　　　　　進口袋才行。

弗　西　娜：我的天！您會有大筆進帳入袋的[98]；她們跟我提起過
　　　　　　在一個什麼地方有產業，將來您就是主人。

阿　巴　貢：這點要再弄清楚。不過，弗西娜，還有一件事我不
　　　　　　放心。你知道，這個女孩子年紀輕；年輕人嘛一般
　　　　　　只喜歡年輕人，只找他們作伴。我怕像我這把年紀
　　　　　　的人不合她的口味；娶進門後，在我家裡搞些小亂
　　　　　　子，對我可就不合適了。

弗　西　娜：啊！您還不夠了解她！她還有一個特別的地方，我
　　　　　　正要告訴您。她最討厭那些年輕小夥子，只喜歡老

---

96 "N'est-ce pas quelque chose de réel, que de vous apporter en mariage une grande sobriété ; l'héritage d'un grand amour de simplicité de parure, et l'acquision d'un grand fonds de haine pour le jeu ？"，直譯：「這些難道不實在嗎，婚姻讓您節省很多；〔瑪麗安〕遺傳了對簡單樸素衣著的喜愛，獲得憎惡賭博的底子／本錢？」。為了反轉阿巴貢對嫁妝的執著，機靈的弗西娜強調「帶給」（apporter）、「遺傳／遺產」（héritage）以及「獲得」（acquision）、「本錢」（fonds）等和「進帳」有關的字眼。

97 "dot"，阿巴貢這時才用此字。

98 "vous toucherez assez"，直譯「您會摸個夠」，是回應阿巴貢的 "et il faut bien que je touche quelque chose"（我非得撈點什麼進口袋才行），"toucher" 一字原意為「摸、碰觸」，引申為「進帳」之意，弗西娜玩了一個情色的文字遊戲。

　　　　　　頭。

阿 巴 貢：她嗎？

弗 西 娜：對，就是她。我真希望您能聽到她本人怎麼說。一
　　　　　見到年輕人，她就受不了；可是她說看到一個帥老
　　　　　頭，留著很氣派的鬍子就心醉神迷。年紀越大，她
　　　　　越覺得迷人，所以我提醒您，待會兒可不要把自己
　　　　　打扮得比現在更年輕。不到60歲的男人她還看不上
　　　　　眼；差不多四個月前，她本來準備嫁人，卻因為對
　　　　　方表明只有56歲，而且簽婚約時連眼鏡也不用戴[99]，
　　　　　就直截了當回絕了婚事。

阿 巴 貢：單單為了這個原因嗎？

弗 西 娜：可不是。她嫌56歲還不夠老；而且最特別的是，她
　　　　　喜歡看人家鼻子上架著眼鏡[100]。

阿 巴 貢：的確，你說的事情是很新鮮。

弗 西 娜：特別的事還多得說不完呢。她的房間掛了幾幅肖
　　　　　像，還有幾張版畫；可是您猜得到都畫了些什麼人
　　　　　物嗎？是阿道尼斯？是塞法爾？是巴黎斯？阿波
　　　　　羅[101]？都不是。畫的是薩土恩、普里昂老王、老內
　　　　　斯託，還有被兒子背著逃難的安齊斯老爹[102]。

....

99 在17世紀，戴眼鏡是老朽的表徵，Fournier在《婚姻之改革》（*Réformation des mariages*）寫道：
　　「戴眼鏡的老頭／遠離小姑娘的身邊」，引文見 Georges Couton, "Notes et variantes : *L'Avare*",
　　Oeuvres complètes, op. cit., p. 1390, note 1。
100 能架著眼鏡的鼻子必定是隻大鼻子，17世紀的滑稽文學常以鼻子指涉男性性器大開玩笑，
　　Riffaud, "Notes : *L'Avare*", *op. cit.*, p. 1340, note 32。
101 阿道尼斯（Adonis）是愛神維納斯的情人，賽法爾（Céphale）是黎明（Aurore）女神的愛人，
　　巴黎斯（Pâris）拐走了海倫，阿波羅為太陽神，以上神話英雄或人物均以年輕俊美著稱。
102 薩土恩（Saturne）為希臘眾神之神朱比德之父，常見的圖像是一個被高壽壓得彎腰駝背的
　　老人，普里昂（Priam）是特洛伊老王，內斯託（Nestor）為特洛伊大戰的老英雄，他命長

阿　巴　貢：這真是值得稱讚！我無論如何也想像不到；她有這
　　　　　種性格，我真是高興。其實，我要是女人，絕不可
　　　　　能愛上那些年輕小夥子。

弗　西　娜：我相信。這些漂亮的年輕人招蜂引蝶，可是呢中看
　　　　　不中用！全是一些目中無人的小子，自認風流倜儻
　　　　　的小白臉[103]，光靠外表吸引人[104]；我倒是很想知道他
　　　　　們本人有什麼好吃香的[105]？

阿　巴　貢：我呢，也真搞不懂；我就不明白為什麼有女人這麼
　　　　　迷他們。

弗　西　娜：這些女人一定是瘋了。居然會覺得青春惹人愛！到
　　　　　底有沒有常識呀？這些金髮小夥子也算得上是個人
　　　　　嗎？誰會喜歡這些蠢才呢？

阿　巴　貢：我成天這麼說：他們說起話來怪腔怪調[106]，翹起三根
　　　　　貓鬍鬚，一頭假髮亂得像麻，短褲直直塌下來，襯
　　　　　衫鼓鼓地露在外面[107]，真不像話。

弗　西　娜：哎呀！您這樣的體格才叫好。這才像個男子漢。這
　　　　　才讓人看了順眼；這樣的體格，這樣的穿著，才教
　　　　　人傾心。

....

到為三代子孫處理後事，安齊斯（Anchise）為特洛伊大戰英雄艾涅（Enée）的老爸，由兒
子背著逃出焚燒的特洛伊城。

103　"godelureaux"：自吹自擂的年輕人，自命不凡，俊俏，重打扮，喜歡對女人獻殷勤，總是衣
　　著光鮮，但別無其他長處（Furetière）。

104　"pour donner envie de leur peau"：「讓人想要他們的那張皮」，俗語 "une femme a envie de la
　　peau d'un homme"，「一個女人想要一個男人的皮」，意指女性有婚嫁之意，Dictionnaire de
　　l'Académie française dédié au roi, Paris, J. B. Coignard, 1694, 以下簡稱 Acad.。

105　"quel ragoût il y a à eux"，"ragoût" 為「蔬菜燉肉塊」，參閱注釋 111。

106　"Poule laitée"，是取笑一名軟弱、陰性化的男子，行動完全沒有陽剛之氣（Furetière），此
　　處是形容其說話聲音之陰柔。

107　當時男士流行穿短外套，且刻意不扣腹部的扣子，以露出裡面穿的襯衫。

阿 巴 貢：你覺得我體格好？

弗 西 娜：怎麼？您光采煥發，讓人陶醉，相貌堂堂可以入
　　　　　畫。您請轉個身。真是再好也不過。您走幾步路我
　　　　　看看。這才叫好身材，活動自如，無拘無束，全身
　　　　　上下看不出半點毛病。

阿 巴 貢：老天保佑，我沒有什麼大毛病。只是偶爾鬧鬧肺
　　　　　炎[108]。

弗 西 娜：這沒什麼。您的肺炎一點也不礙事，再說您咳嗽起
　　　　　來別有韻味。

阿 巴 貢：告訴我：瑪麗安還沒有見過我嗎？我路過的時候，
　　　　　她沒注意到嗎？

弗 西 娜：沒有。不過我們不時聊到您。我對她描繪您的相
　　　　　貌；而且沒忘了稱讚您的長處，還有嫁給像您這樣
　　　　　一位先生的好處。

阿 巴 貢：稱讚得好；你多費心了。

弗 西 娜：先生，我有一點小事要拜託。（他換了嚴肅的表
　　　　　情。）[109] 我有一個官司正在打，因為缺了點錢，眼看
　　　　　著就要輸掉；不過要是您對我發發慈悲，輕輕鬆鬆
　　　　　就可以幫我打贏官司。（他又改回笑容滿面。）您想像
　　　　　不到她見到您會有多開心。啊！您真是討她歡心！

---

108 "fluxion"：阿巴貢咳嗽，透露他肺部發炎，莫理哀正是死於此疾。
109 這句舞台表演指示放在弗西娜說話之前，表示她將引發的反應。1682 及 1734 年版本則放在
　　台詞之後，標示台詞造成的反應，以下同。

　　　　您這個復古的圓皺領[110]肯定會在她的心裡發揮出奇
　　　　的效果！不過，特別是，您還用繩子把上衣和褲頭
　　　　繫在一起，她會愛死您的褲子。她鐵定會瘋狂愛上
　　　　您；一個用繩子繫褲頭的情人最對她的胃口[111]了。

阿　巴　貢：的確，你這番話，教我高興。

弗　西　娜：（他又變成神情嚴肅。）說真的，先生，這場官司對我
　　　　　　非同小可。要是輸掉，我就毀了；只要一點小忙，
　　　　　　我的事情就有挽救的餘地。（他又變成笑容滿面。）她
　　　　　　聽我說起您來一副喜上眉梢的樣子，我真希望您看
　　　　　　得到。一說到您的優點，她就眉開眼笑；而且我說
　　　　　　得口沫橫飛，讓她聽到後來恨不得立刻嫁過來。

阿　巴　貢：弗西娜，我聽了很高興；坦白說，我萬分感激。

弗　西　娜：（他又變成神情嚴肅。）先生，求求您，幫我這一點小
　　　　　　忙吧。這樣我就能重新站起來；我一輩子感激不盡。

阿　巴　貢：回頭見。我有幾封急信要回。

弗　西　娜：先生，我保證，以後再也不會這麼急著借錢用，您
　　　　　　就幫幫忙吧。

阿　巴　貢：我叫人去把我的馬車準備好，一會兒載你們去市集。

弗　西　娜：我要不是被情勢所逼，也不至於來麻煩您的。

阿　巴　貢：我去交代早點吃晚飯，免得你們餓壞啦。

....

110 "fraise"：圍著頸部的一圈皺領是半個世紀前的流行，為「老頭」（barbon）的服飾表徵。
111 "un ragoût merveilleux"：「極佳的蔬菜燉肉塊」，「蔬菜燉肉塊」轉義是指使五官滿意之物；
　　　年輕女子是老人的蔬菜燉肉，因為她喚起了後者的精力。

弗　西　娜：求求您不要拒絕給我這點恩惠吧。先生，您不會相
　　　　　　信那種快樂……

阿　巴　貢：我要走了。這下子有人喊我。回頭見。

弗　西　娜：這隻臭狗！發燒發到見閻羅王去吧！我發動一切攻
　　　　　　勢，這個吝嗇鬼紋風不動；話說回來，我不該放棄
　　　　　　這筆交易；反正，這一頭撲了個空，另一頭[112]我絕
　　　　　　對拿得到好處。

112　指瑪麗安母女那一頭。

第 三 幕

⊙ 第一景 ⊙

阿巴貢、克萊昂特、艾莉絲、瓦萊爾、克蘿德太太、雅克師傅、
燕麥桿、鱈魚乾。

阿　巴　貢：來。全體過來，我交代你們待會兒要做的事，調派
　　　　　　你們每個人的工作事項。克蘿德太太，你過來。先
　　　　　　從你[113]開始。（她拿著掃帚。）很好，你手裡已經有
　　　　　　了武器[114]。我交給你一個裡裡外外打掃乾淨的任務；
　　　　　　要當心，擦家具別太用力，免得擦壞了。[115]還有，等
　　　　　　一下吃晚飯的時候，我派你掌管酒瓶；萬一少了一
　　　　　　支或者打破了什麼，唯你是問，扣你工資。

雅克師傅（旁白）：罰得很精[116]。

阿　巴　貢：去吧。你，燕麥桿，還有你，鱈魚乾，我交付你
　　　　　　們兩人洗杯子的重任，還有倒酒；但是注意，只有
　　　　　　客人渴的時候才倒，不要學那些蠢蛋跟班，頻頻勸
　　　　　　酒，強要人喝，反倒提醒了客人要喝，其實人家根
　　　　　　本就沒想到要喝。要倒，也要等到客人問過一次以

---

113 阿巴貢除了和雅克、瓦萊爾以「你」相稱以示親密之外，此景全用敬稱「您」以強調主人
　　的地位。

114 使用軍事比喻，阿巴貢一如戰場的統帥，正在校閱他的一群傭人並分派各人任務，接下來
　　他使用很正式的說法交代平常的家務事：「我交給你一個裡裡外外打掃乾淨的任務」（"Je
　　vous commets au soin de nettoyer partout"）、「我派你掌管酒瓶」（"je vous constitue [...] au
　　gouvernement des bouteilles"）、「我交付你們兩人洗杯子的重任」（"je vous établis dans la
　　charge de rincer les verres"），笑點在於說詞和交派事項之間的落差。

115 這個笑點出自吝嗇的詼諧傳統，參閱本書導讀 4.2「靈魂之疾」一節。再者，一個吝嗇鬼交
　　待下人任務，也是假面喜劇的經典場景之一。

116 原文 "Châtiment politique"，直譯為「政治的懲罰」，受馬基維里（Machiavel）影響，「政治的」
　　一字作「受利益影響」解，呼應上文「掌管酒瓶」（gouvernement des bouteilles）使用的「掌
　　管／政治」一字。

　　　　　　　上才倒[117]，另外，記得要多摻些水進去。

雅克師傅（旁白）：對；喝純酒會上頭。

鱈　魚　乾：老爺，我們要脫掉工作外衣[118]嗎？

阿　巴　貢：看到客人來了再脫；當心，衣服不要弄髒了。

燕　麥　桿：您看，老爺，我這件上衣[119]的正面沾了一大塊燈
　　　　　　　油。

鱈　魚　乾：還有我，老爺，我這條褲子的背面破了一個大洞，
　　　　　　　恕我直說，會露出我的……

阿　巴　貢：安靜點。用點技巧，背對著牆站，保持正臉迎人。
　　　　　　　（阿巴貢摘下自己的帽子放在上衣前，指點燕麥桿如何遮蓋
　　　　　　　上衣的油汙。）你吶，侍候客人的時候，就這樣拿你
　　　　　　　的帽子。你呢，女兒，就盯著餐桌上撤下來的剩菜
　　　　　　　看，當心可不要浪費掉。女孩子家來做這件事挺合
　　　　　　　適。好好準備接待我中意的小姐[120]，她等等要過來拜
　　　　　　　訪你，帶你一起去逛市集。你聽到我對你說的話沒
　　　　　　　有？

艾　莉　絲：聽到了，爸爸。

阿　巴　貢：還有你，我的公子哥兒子，剛才的事我就寬宏大量
　　　　　　　不跟你計較了，不過你可別擺出一張臭臉對她。

克萊昂特：我嗎？爸爸，一張臭臉，為什麼呢？

117　水瓶、杯子和酒瓶全放在餐具櫥上，僕人的要務之一是倒酒並端給想飲酒的客人。
118　siquenille，為 "souquenille" 的變體，是僕人穿在制服外的工作罩衫，用以保護制服。
119　"pourpoint"，為法國 12 至 17 世紀男士的短上衣。
120　"Maîtresse"，特別是指將要成婚的女性（Furetière）。

阿　巴　貢：天曉得，父親續絃，子女會有什麼態度，會怎麼看
　　　　　　待他們的繼母，大家心知肚明。不過，如果你希望
　　　　　　我忘掉你最近荒唐的行徑，最好是笑臉迎人，好好
　　　　　　款待這位小姐，對她表示竭誠歡迎。

克萊昂特：老實對您說，爸爸，要我接受她當我的繼母，是有
　　　　　　點難。我要是說沒問題，那是違心之論；可是說到
　　　　　　要殷勤招待，笑臉迎人，我一定照辦。

阿　巴　貢：起碼給我小心一點。

克萊昂特：看著好了，我不會讓您瞧不順眼的。

阿　巴　貢：這就對了。瓦萊爾，幫個忙。啊呀，雅克師傅，過
　　　　　　來，最後我來交代你。

雅克師傅：老爺，您是要和您的車夫說話呢，還是和您的廚
　　　　　　子？我既是車夫又是廚子。

阿　巴　貢：兩個都要。

雅克師傅：不過這兩個中，哪一個先？

阿　巴　貢：廚子。

雅克師傅：那請等一下。

（他脫下車夫制服，露出廚子的裝束。）

阿　巴　貢：搞什麼鬼？

雅克師傅：您請吩咐。

阿　巴　貢：雅克師傅，我今晚答應要請人來家裡吃飯。

雅克師傅：眞稀奇[121]！

阿　巴　貢：商量一下，你能上些好菜嗎？

雅克師傅：當然，只要您多給點錢。

阿　巴　貢：見鬼去吧！三句話離不開錢。他們就像是沒別的
　　　　　　話說，錢，錢，錢。啊！他們嘴裡就只有這個字，
　　　　　　「錢」。開口閉口都是錢。這成了他們還嘴的利
　　　　　　器[122]，錢！

瓦　萊　爾：我從來沒聽過這麼蠢的[123]回答。花大錢才做得出好
　　　　　　菜，眞是稀奇呀！這是再容易不過的事了，就是一
　　　　　　個笨蛋也辦得到：說眞的，一個人要是內行，就應
　　　　　　該說：花小錢，出好菜。

雅克師傅：花小錢，出好菜！

瓦　萊　爾：對。

雅克師傅：說眞的，管家先生，請你爲我們展示這樣的絕招，
　　　　　　然後這個廚子讓給你當，在下我感激不盡：你在這
　　　　　　家裡面也太好管閒事了吧，什麼事都要參一腳。

阿　巴　貢：別拌嘴了。我們準備什麼菜好呢？

雅克師傅：老爺，您有管家在這裡，他給您花小錢端好菜出來
　　　　　　了呀。

阿　巴　貢：哎呀。你回答我。

121　1734 年版加註：「（旁白）」。
122　"épée de chevet"：「床邊的劍」，意指隨時可用來回嘴的話，就像是睡覺時擺在床邊的劍，
　　以備遭到攻擊時可以立刻派上用場。
123　"impertinente"，意指有違體統或簡單的道理，此處為第二意。

雅克師傅：一桌坐多少人呢？

阿　巴　貢：八個或十個；不過算八個人就好。八人份的菜，儘夠十個人吃的。

瓦　萊　爾：道理很清楚。

雅克師傅：那麼，就要有四湯[124] 五菜。湯……菜……[125]

阿　巴　貢：見鬼了，都可以請全城的人來吃飯了。

雅克師傅：烤[126]……

阿　巴　貢（用手堵住雅克的嘴。）：啊！好賊！你要把我全部家當吃光光。

雅克師傅：小菜[127]……

阿　巴　貢：還有沒有？

瓦　萊　爾：你是要讓大家吃到吐嗎？老爺請客，是要客人吃到撐死嗎？你去翻翻養生原則[128]，請教醫生看看吃太飽，是不是對人體危害最大。

阿　巴　貢：有道理。

---

124 為肉湯。在莫理哀的時代，一場盛宴從湯開始，配開胃菜，接著是主菜烤肉，最後上甜點。演出時，阿巴貢想辦法阻止雅克道出一連串菜名，源自假面喜劇的表演套路。

125 此處使用的省略號，以及下文烤盤和小菜後的省略號，是為了讓演員即興發揮，這是鬧劇的傳統。1682 年的版本增補了許多菜名，不過我們無法確定是後人所續，或是當年莫理哀沒寫入劇本的菜單：「四碗好湯，裝滿好料，五盤開胃菜；湯有醬蝦濃湯、山鶉甘藍菜湯、什錦素湯、鴨肉蘿蔔湯；前菜有燴雞塊、乳鴿餡餅、小牛胸腺、牛奶雞肉白腸，還有炒羊肚菌」。

126 「在一個特大號的盤子上盛滿一大塊野放小牛的里脊肉、三隻雉雞、三隻小肥母雞、一打家鴿、一打子雞、六隻小兔子、一打小山鶉、兩打多的鵪鶉、三打多的雪鵐……」。

127 "Entremets"，在不同的菜肴之間上的開胃菜，特別是指在主菜和最後的水果或甜點之前上的那一道，Ronald W. Tobin, Tarte à la crème – Comedy and Gastronomy in Molière's Theatre (Ohio State University Press, 1990), p. 92。

128 指涉中世紀 Salerno 學派之《健康箴言》（Regimen Sanitatis Salerni），ibid., p. 94；此書在 17 世紀數度翻譯成法文。

瓦　萊　爾：你，和你那票同行要知道，雅克大廚，一張飯桌上
　　　　　　了太多菜，好比是拿刀割喉[129]，會出人命的；把客人
　　　　　　當朋友看，筵席首重粗茶淡飯；古人說的好：「人
　　　　　　是爲了生存而吃，不是爲了吃而生存」[130]。

阿　巴　貢：啊，這句話說的眞好！過來，爲了這句話，我要抱
　　　　　　抱你。這是我生平聽到最好的格言。「人是爲了吃
　　　　　　才生存，而不是爲了生存而……」，不對，不是這
　　　　　　樣說的。你剛剛是怎麼說來著？

瓦　萊　爾：「人是爲了生存而吃，不是爲了吃而生存」。

阿　巴　貢：對。你聽到了嗎？這是哪一位大人物說的呢？

瓦　萊　爾：我一時想不起來。

阿　巴　貢：你記得把這句話寫下來給我。我叫人用金字刻在餐
　　　　　　廳的壁爐上。

瓦　萊　爾：我一定記住。今晚宴客，您只管交給我。我包管辦
　　　　　　得面面俱到。

阿　巴　貢：就這麼辦。

雅克師傅：再好不過，省掉我許多麻煩。

阿　巴　貢：準備一些大家幾乎都不喜歡吃，但一吃就管飽的東

---

129 "coupe-gorge"，原喻會被強盜拿刀割喉以洗劫的「危險場所」。

130 拉丁原文為 "Esse oportet ut vivas, non vivere ut edas"，《修辭學：致艾倫尼烏斯》（*Rhétorique à Herennius*）一書第四冊第 28 章第 39 節引用，作者據傳是西塞羅（Cicéron），他修飾了原流傳的句子（"Ede ut vivas, ne vivas ut edas"）。後世作家常拿這句格言開玩笑，如拉伯雷在《巨人傳》的第三冊第 15 章。

西；來一些扁豆燒肥羊[131]、一些牛肉餡餅[132]，多放點栗子。

瓦　萊　爾：全包在我身上。

阿　巴　貢：現在，雅克大廚，我的馬車要清一清。

雅克師傅：等一下。這句話是對車夫講的。（他又穿上外套。）您是說……

阿　巴　貢：我的馬車要清一清，把馬套好，待會兒要上市集去……

雅克師傅：老爺，您的那些馬嗎？老實說，牠們一步都走不動啦；我不是說牠們累到癱在乾草堆上，這麼說不是事實，這些可憐的牲畜連一丁點乾草也沒得躺；問題是您老要牠們斷食斷得這麼徹底，到頭來，牠們餓成皮包骨，只剩下馬架子、馬影子、馬樣子[133]。

阿　巴　貢：怎麼說病就病，牠們又沒幹什麼活。

雅克師傅：老爺，難道沒幹活，牠們就活該餓肚子嗎？這些可憐的牲畜，應該做的多，吃的多才對。看牠們瘦成那樣，我心如刀割：畢竟我對那些馬有了感情，看牠們受罪，就像我自己受罪一樣；我每天省下自己的吃食餵牠們；老爺，對周遭的生靈毫不憐憫，心腸未免太硬了。

....

131 "Haricot" 為扁豆，此處是指 haricot de mouton，扁豆燒羊肉，通常還會放入栗子、蘿蔔一起燉（Furetière）。

132 "Pâté en pot"，或 "hochepot"，是中產階級的家常菜，食材有牛肉、栗子、蘿蔔等，莫理哀時代應為餡餅式作法（Furetière），也可放入砂鍋中慢燉。這道菜和上一道皆非盛宴的精緻菜色。

133 李健吾的妙譯，參閱〈譯後記〉。

阿　巴　貢：跑一趟市集，算不上費力。

雅克師傅：不成，老爺，我真沒有勇氣趕牠們上路，牠們現在
　　　　　瘦到不成馬樣，要我拿鞭子抽，我狠不下心。牠們
　　　　　連自己都拖不動了，您怎麼能叫牠們拉車呢？

瓦　萊　爾：老爺，我去叫鄰居那個皮卡爾人 134 來趕車好了：反
　　　　　正，我們也需要他在這裡準備晚飯。

雅克師傅：也好。我寧願牠們死在別人手裡，也不要死在我的
　　　　　手裡。

瓦　萊　爾：雅克大廚真是能言善辯。

雅克師傅：管家先生真是有求必應。

阿　巴　貢：別吵啦。

雅克師傅：老爺，我就是受不了這些吹捧您的人；我知道他
　　　　　的所作所為，比方說隨時隨地盤點麵包和酒呀、木
　　　　　柴、鹽巴還有蠟燭，不過是為了拍您的馬屁，討您
　　　　　的歡心。我一想到就火大，每天聽到別人議論您，
　　　　　我心裡就難過；不管怎麼樣，我對您到底是有感情
　　　　　的；除了我的那幾匹馬，我最愛的就是您了。

阿　巴　貢：你能不能告訴我，雅克大廚，人家都說了我些什
　　　　　麼？

雅克師傅：能，老爺，要是您擔保聽了不生氣。

阿　巴　貢：絕對不生氣。

---

134 Picard 是法國舊時臨海的一個省分，在莫理哀的時代常用僕人家鄉的省分稱呼其人。

雅克師傅：對不起；我知道我一定會教您發火的。

阿 巴 貢：一點也不；正好相反，知道別人是怎麼說我，我會
　　　　　很高興。

雅克師傅：老爺，既然您想聽，我就坦白告訴您，大家到處
　　　　　在嘲笑您吶；四面八方都有人猛挖苦您；有人就是
　　　　　喜歡追著您的新聞跑，拿您的故事當笑話講。一個
　　　　　人說，您叫人印了一些特別的日曆，把四季的大齋
　　　　　日 135 和吃齋日 136 通通加了一倍，好叫您的一家老小
　　　　　多吃幾天素。另一個人說，逢年過節或者幫傭要
　　　　　走，您總是故意找碴，隨隨便便編個理由什麼也不
　　　　　給。這個人說，您鄰居養的貓有一回偷吃了一塊您
　　　　　吃剩的羊腿肉，您竟然告了貓一狀 137。那個人說，
　　　　　有一天晚上，您被人發現要下手偷您那些馬吃的燕
　　　　　麥；結果您的車夫，就是在我之前的那位，暗地裡
　　　　　不知打了您多少棍，您只能忍著不願意聲張 138。說到
　　　　　底，您當真要我說給您聽嗎？無論走到哪裡，都聽
　　　　　得到別人開您各式各樣的玩笑。您成了大家的笑料
　　　　　和話柄，一說到您，大家總是喊您各種綽號，什麼
　　　　　吝嗇鬼、小氣鬼、鐵公雞、吸血鬼。

阿 巴 貢（揍他。）：你是個傻瓜、壞蛋、無賴、白目的傢伙。139

雅克師傅：哎呀，我不是早料到了嗎？您還不信呢。我早對您

---

135 "Quatre-Temps"，天主教會在每季開始劃出三天吃齋。
136 "les Vigiles"，舉行盛大宗教慶典的前夕，教徒有時也被要求齋戒。
137 出自《一鍋黃金》的二幕四景，原為一隻猛禽叼走了主角的食物。
138 出自 Guillaume Bouchet 的 *Sérées* (1584)，第 31 章。
139 一個下人被鼓勵誠實以對，最後卻被饗以棒打，出自假面喜劇的經典表演套路。

說過，我要是實話實說，包準惹您發火。

阿 巴 貢：給你一個教訓，教你學學話應該要怎麼講。

⊙ 第二景 ⊙

雅克師傅、瓦萊爾。

瓦 萊 爾：依我看，雅克師傅，你是好心被雷劈。

雅克師傅：去你的，新來的管家先生，自以為了不起，這不關
　　　　　你的事。等你挨棍子的時候再來笑我好了，現在用
　　　　　不著。

瓦 萊 爾：喔，雅克大廚，請別生氣。

雅克師傅：他打退堂鼓了。我想裝一下好漢，要是他真的笨到
　　　　　怕我，我就修理他。愛笑人的先生，你可知道，我
　　　　　這個人，是不笑的；不過，要是你把我惹火了，我
　　　　　會讓你笑不出來？

（雅克師傅一邊恐嚇，一邊把瓦萊爾逼到舞台邊上。）

瓦 萊 爾：哎呀！冷靜點。

雅克師傅：怎麼，冷靜點？我可不樂意。

瓦 萊 爾：手下留情。

雅克師傅：你這傢伙真是蠻不講理。

瓦 萊 爾：雅克大師傅先生。

雅克師傅：什麼雅克大師傅先生，我才不吃這一套。要是我手

上拿著棍子，一定打得你叫疼。

瓦　萊　爾：怎麼說，棍子？

（瓦萊爾逼著雅克師傅後退，正如先前雅克師傅逼他後退一樣。）

雅克師傅：哎！這我可沒說。

瓦　萊　爾：笨蛋先生，你可知道我才是要揍你一頓的人？

雅克師傅：我不懷疑。

瓦　萊　爾：你知道，說穿了，你不過是個卑賤[140]的廚子嗎？

雅克師傅：我很清楚。

瓦　萊　爾：你還不知道我的厲害吧？

雅克師傅：請包涵。

瓦　萊　爾：你說，你要揍我一頓？

雅克師傅：我是說著玩的。

瓦　萊　爾：我呢，可不欣賞你的玩笑。（他拿起棍子打他。）我教你知道你的玩笑欠揍。

雅克師傅：去他媽的做人要誠懇，好心沒好報。從今以後，我死了這條心，再也不說真話。我的主人要揍我也就罷了，他起碼有這個資格：不過這位管家先生憑什麼？一逮到機會我非報這個仇不可。[141]

---

140 "faquin"，出自義大利文 "facchino"，為搬運、跑腿的粗工，延伸為咒罵僕人的字，瓦萊爾用了此字，透露他的貴族身分，但雅克並未察覺。
141 這一景源自於假面喜劇的橋段，言語威脅和棒打交替進行。

⊙ 第三景 ⊙

弗西娜、瑪麗安、雅克師傅。

弗　西　娜：請問一下，雅克師傅，你們老爺在家嗎？

雅克師傅：在，他在，問我最清楚了。

弗　西　娜：請你告訴他，我們到了。

⊙ 第四景 ⊙

瑪麗安、弗西娜。

瑪　麗　安：啊！弗西娜，我不知道該怎麼形容我的心情！要是
　　　　　　非說實話不可，我好怕這次相親！

弗　西　娜：可是為什麼，你在擔什麼心呢？

瑪　麗　安：唉！這還用問嗎？一個女孩子眼看著就要被綁上木
　　　　　　樁去接受酷刑，你難道想像不出她有多害怕嗎？

弗　西　娜：我看得出來，想要被折磨到欲仙欲死[142]，你中意的可
　　　　　　不是阿巴貢那根棒子；看你的樣子，我想你跟我提
　　　　　　起過的那位時髦公子，多少又回到你心坎上了。

瑪　麗　安：沒錯，弗西娜，這件事我不願意辯解；他上門拜
　　　　　　訪，彬彬有禮，我承認，在我心中留下了印象。

弗　西　娜：不過你知道他是誰嗎？

瑪　麗　安：我不知道他是誰；可是我知道他風度翩翩，人見人

---

[142] "mourir agréablement"：法文比喻性愛之樂為「小死」（la petite mort）或是「溫柔的死」（la douce mort），弗西娜此處接著瑪麗安剛說的「酷刑」（supplice）一字發揮雙關語義。

愛；假使可以選，我寧可選他而不是另一位；因爲
他，一想到別人要我嫁的人，我就痛苦萬分。

弗　西　娜：我的天，所有這些時髦公子都長得很體面，口才一
流，很會推銷自己；不過他們多半都窮得和老鼠一
樣；你嫁給一個老頭，能給你許多財產，好歹還是
比較上算。我承認嫁給一個老頭在感官上是有些不
盡如人意的地方，和這樣的先生相處，有一些小小
的厭惡必須忍受；不過這種情形不會拖太久；等他
兩腿一伸，相信我，你馬上就能再嫁一位更如意的
郎君，一切犧牲就都值得了。

瑪　麗　安：我的天，弗西娜，爲了幸福，就期望或等待別人嚥
氣，這眞是可怕，再說我們算盤打得再精，死亡也
未必能照計畫說來就來。

弗　西　娜：別鬧了吧？你嫁給他就是圖個過不久就能當寡婦；
這個條件應當寫在婚約上。他三個月內要是不見閻
王就太不識相了[143]。看，他本尊駕到了。

瑪　麗　安：喔！弗西娜，什麼怪模怪樣啊！

⊙ 第五景 ⊙

阿巴貢、弗西娜、瑪麗安。

阿　巴　貢：美麗的小姐，我戴著眼鏡前來歡迎，請不要見怪。

143　同樣的玩笑話也出現在《強迫成婚》第七景、Thomas Corneille 之 *Don Bertrand de Cigaral* (1652) 一幕二景。

　　　　　　我知道你的美貌光彩奪目，熠熠生輝，不用戴眼鏡
　　　　　　就看得清楚：話說回來，我們看星星終究需要眼
　　　　　　鏡，我堅持並且保證你是一顆星星，而且是星空中
　　　　　　最美的一顆。弗西娜，她一句話也不回，看到我，
　　　　　　好像也沒有任何喜色。

弗　西　娜：那是因為她還是不敢相信；再說女孩子家見到外人
　　　　　　總是難為情，哪裡肯馬上透露心意。

阿　巴　貢：有道理。小美人，你看，我的女兒來歡迎你了。

⊙ 第六景 ⊙

艾莉絲、阿巴貢、瑪麗安、弗西娜。

瑪　麗　安：小姐，我晚了一步來拜訪你。

艾　莉　絲：哪裡，彼此彼此，是我應該先一步到府上拜訪才對。

阿　巴　貢：你看她長得多高；不過野草就是冒得快。

瑪　麗　安（低聲向弗西娜。）：哎呀！真是個討厭鬼！

阿　巴　貢：美人說了什麼呢？

弗　西　娜：她說很欣賞您。

阿　巴　貢：可愛的小姐，你太過獎了。

瑪　麗　安（旁白）：真是蠢[144]！

阿　巴　貢：你的美意我銘感五內。

144　"Quel animal"：「什麼禽獸」，罵人「禽獸」，意指對方「笨拙遲鈍、粗魯、愚蠢」（Furtière）。

瑪　麗　安（旁白）：真是受不了。

阿　巴　貢：你看我兒子也來向你致意了。

瑪　麗　安（旁白，向弗西娜）：啊！弗西娜，多麼巧！這位就是
　　　　　　我剛才跟您提起的那位年輕人。

弗　西　娜（向瑪麗安）：真是有緣千里來相會。

阿　巴　貢：我看得出來我有這麼大的孩子，出乎你意料之外，
　　　　　　不過我很快會把他們兩人打發走的。

⊙ 第七景 ⊙

克萊昂特、阿巴貢、艾莉絲、瑪麗安、弗西娜、瓦萊爾[145]。

克萊昂特：小姐，實不相瞞，我完全沒料到會在這裡遇見你；
　　　　　家父剛才對我提起他打算續絃，我感到突如其來。

瑪　麗　安：我也一樣。如此不期而遇，我同你一樣驚訝；我完
　　　　　　全沒料到這種巧合。

克萊昂特：小姐，家父的確不可能再找到更好的人選，見到
　　　　　你，我真是備感榮幸；雖然如此，你有意當我的繼
　　　　　母，我不能保證一定欣然接受。要祝福你，坦白
　　　　　說，這是強人所難；稱你繼母，請見諒，也絕非我
　　　　　所願。我這番話有些人聽起來也許覺得唐突，不過
　　　　　我相信你能會意。你可以料想得到，小姐，我對這
　　　　　門親事理當十分反感；你了解我的處境，不會不知

145　原作漏掉瓦萊爾在場，以下兩景同，不另加註。

　　　　　道這件事對我的傷害有多大；總之如果你不見怪，
　　　　　我父親也不反對，我會對你說假使我做得了主，這
　　　　　門親事絕對結不成。

阿　巴　貢：這算哪門子道賀。什麼表白嘛！

瑪　麗　安：我呢，回答你的一席話，我要說的也一樣；假使你
　　　　　眼見我要當你的繼母而心生反感，我發現你會是我
　　　　　的繼子也一樣。請不要誤會，以爲是我使你這樣痛
　　　　　苦[146]。讓你憂愁，我很懊惱；要不是情非得已，我絕
　　　　　不可能答應這門婚事，教你絕望。

阿　巴　貢：她說的有理。荒唐的道喜，就該這樣回覆。請見
　　　　　諒，我美麗的小姐，我兒子說話沒有分寸。他是個
　　　　　傻小子，還不知道說話的輕重。

瑪　麗　安：放心好了，我一點也不介意；正好相反，他對我這
　　　　　樣解釋自己眞正的感情，我反倒高興。我喜歡他這
　　　　　樣坦白；他要是用另一種方式表白，我還不這麼看
　　　　　重他。

阿　巴　貢：你眞是寬宏大量，肯原諒他的過錯。他年紀再大一
　　　　　點就會懂的，你看著，他一定會改變態度。

克　萊　昂：我不會，爸爸，我改變不了；請小姐一定要相信我
　　　　　的話。

阿　巴　貢：瞧他多麼張狂！越說越不像話。

克萊昂特：難道您要我心口不一嗎？

---

146 "inquiétude": peine，參閱注釋 9。

阿　巴　貢：你還回嘴？要不要改改你的台詞呢？

克萊昂特：好，既然您要我換個方式說話；小姐，請允許我代
　　　　　表家父向你致意；我坦白說，你的美貌天下無雙；
　　　　　討你的歡心是至高的幸福；成為你的丈夫是一種榮
　　　　　耀、一種無上的喜悅，即使成為世上的王侯將相也
　　　　　不足以相比。是的，小姐，擁有你的幸福在我看來
　　　　　是世上最大的財富；我的野心盡在於此。為了贏得
　　　　　這麼稀世的珍寶，什麼困難也擋不了我；縱使有天
　　　　　大的阻礙……

阿　巴　貢：好啦，兒子，夠了。

克萊昂特：我是代您向小姐致意。

阿　巴　貢：我的天，要表達心意，我自己有嘴巴，用不著你這
　　　　　個代言人。來人呀，搬椅子過來。

弗　西　娜：不用了，我們最好現在就動身去市集吧，可以早點
　　　　　兒回來，多一些時間和您聊聊。

阿　巴　貢：那叫套馬車吧。請見諒，我美麗的小姐，你走之
　　　　　前，沒先想到要準備幾樣小點心招待。

克萊昂特：爸爸，我都準備好啦，我老早派人用您的名字，送
　　　　　來幾盤中國橘子、甜檸檬和蜜餞[147]。

阿　巴　貢（低聲向瓦萊爾）：瓦萊爾！

瓦　萊　爾（向阿巴貢）：他理智全失。

---

147 橘子和檸檬都是奢侈水果。所謂的「中國橘子」並非從中國進口，而是一種甜橙；至於蜜
　　餞（confiture），意指蜜餞和果醬。

克萊昂特：爸爸，是不是您覺得不夠？小姐心胸寬大，不會介
　　　　　意的。

瑪　麗　安：不必這麼客氣。

克萊昂特：小姐，請看我父親手上戴的鑽石[148]，你從沒見過更閃
　　　　　亮的吧？

瑪　麗　安：的確很閃亮。

克萊昂特（從他父親手指上脫下鑽戒，交給瑪麗安。）：你得靠近看。

瑪　麗　安：果然是美不勝收，光芒四射。

克萊昂特（瑪麗安想還鑽戒，他擋在她前面。）：不用了，小姐，
　　　　　這雙玉手才配得上美鑽。這是家父送給你的禮物。

阿　巴　貢：我嗎？

克萊昂特：爸爸，為了表示情意，您堅持要小姐收下，不是
　　　　　嗎？

阿　巴　貢（旁白，對他的兒子）：搞什麼鬼？

克萊昂特：問得好。他對我打暗號要你收下。

瑪　麗　安：我不想……

克萊昂特：你在開玩笑嗎？他根本就不想收回。

阿　巴　貢（旁白）：氣死我啦！

瑪　麗　安：這樣可就……

---

148 阿巴貢深怕別人知道自己富有，手上怎麼會戴一個大鑽戒呢？這點明顯不符合藏富的個
　　性，Jacques Chupeau 認為這個鑽戒應是放高利貸的抵押品，見其 "Préface", *L'Avare* (Paris,
　　Gallimard, «Folio Théâtre», 1993), p. 45。又，搶東西是假面喜劇的經典動作套路。

克萊昂特（一直擋著瑪麗安還戒指。）：不用，聽我説，你這樣會
　　　　得罪他。

瑪　麗　安：求你……

克萊昂特：不必婉拒。

阿　巴　貢（旁白）：該死……

克萊昂特：你不收，看他氣成那樣。

阿　巴　貢（低聲，向他兒子）：啊，好狡詐！

克萊昂特：你看，他氣瘋啦。[149]

阿　巴　貢（低聲威脅兒子。）：你這個劊子手！

克萊昂特：爸爸，不是我的錯。我努力勸她收下來，她硬是不
　　　　肯。

阿　巴　貢（低聲向他的兒子，氣急敗壞。）：混帳東西！

克萊昂特：小姐，我父親罵我，全因爲你。

阿　巴　貢（低聲向他兒子，一副怪模怪樣如前。）：壞蛋！

克萊昂特：你讓他氣出病來了。發發慈悲，小姐，求你別再拒
　　　　絕了。

弗　西　娜：我的天，哪來這麼多禮節！既然先生要你收下，你
　　　　就收下好啦。

瑪　麗　安：我暫且先收下，免得您生氣；我再找個時間奉還。

---

149 在舞台上，莫理哀正可藉此展現強忍怒氣的鬼臉，這是他的拿手絕活之一。

⊙ 第八景 ⊙

阿巴貢、瑪麗安、弗西娜、克萊昂特、燕麥桿、艾莉絲、瓦萊爾。

燕 麥 桿：老爺，外面有人求見。

阿 巴 貢：跟他說現在沒空，下回再來吧。

燕 麥 桿：他說他給您送錢來的。

阿 巴 貢[150]：對不起。我馬上回來。

⊙ 第九景 ⊙

阿巴貢、瑪麗安、克萊昂特、艾莉絲、瓦萊爾、弗西娜、鱈魚乾。

鱈 魚 乾（他跑進來，撞倒阿巴貢。）：老爺……

阿 巴 貢：啊呀，要我的命！

克萊昂特：怎麼啦，爸爸？您沒事吧？

阿 巴 貢：這個小滑頭一定是收了債主的錢，存心要折斷我的
　　　　　脖子。

瓦 萊 爾：還好沒事。

鱈 魚 乾：老爺，很對不起，我以為要趕快跑過來通報的。

阿 巴 貢：天殺的，你跑來這裡做什麼？

鱈 魚 乾：來向您稟告，您那兩匹馬的鐵蹄子脫落了。

阿 巴 貢：快牽到馬蹄鐵匠鋪子去。

150　1734 年版增補：「（對瑪麗安）」。

克萊昂特：爸爸，馬去釘鐵蹄的時候，我在這裡代替您當主人
　　　　　招待客人，帶小姐到花園去玩，叫人把點心端到那
　　　　　裡去。

阿　巴　貢：瓦萊爾，這裡你留心看著點；拜託你，為我盡可能
　　　　　地省下點心，送回店裡去。

瓦　萊　爾：了解。

阿　巴　貢：喔，混蛋兒子，你存心讓我傾家蕩產！

第四幕

⊙ 第一景 ⊙

克萊昂特、瑪麗安、艾莉絲、弗西娜。

克萊昂特：進來吧，這裡好多了。周圍沒有可疑的人，我們可
　　　　　以放心說話。

艾　莉　絲：是的，小姐，哥哥對我說了他對你的愛慕。遇到這
　　　　　重重阻礙，我知道那種憂愁和煩惱；你放心，我萬
　　　　　分同情你的遭遇。

瑪　麗　安：有你這樣的人關心，我覺得好溫馨；小姐，求你永
　　　　　遠給我這份寬厚的友誼，我心裡覺得舒坦多了，不
　　　　　再怨天尤人。

弗　西　娜：老實說，你們兩人都是時運不濟，在這之前，怎麼
　　　　　也不告訴我一聲你們兩個人的事！否則我就能免去
　　　　　你們的痛苦，事情也不會落到今天這個地步。

克萊昂特：你要我怎麼辦呢？我生不逢時，命該如此。不過，
　　　　　美麗的瑪麗安，你決定怎麼辦呢？

瑪　麗　安：唉，我能決定什麼！我要靠別人過日子，除了盼
　　　　　望，還能如何？

克萊昂特：單單只能在心裡盼望而已嗎？難道沒有憐憫的熱
　　　　　腸？沒有惻隱善心？不能挺身而出[151]？

---

151 最後三句原文直譯：「難道沒有熱心的憐憫嗎？沒有助人的善心嗎？沒有能付諸行動的情
　　感嗎？」。

瑪　麗　安：我該說什麼呢？換作你是我，你想我該如何是好。
　　　　　　你說個方法，我就照辦；我信任你是個明理人，絕
　　　　　　不會提出不合禮數、傷風敗俗的建議。

克萊昂特：唉，你要死守不容侵犯的名譽、一絲不苟的禮教，
　　　　　　我還能怎麼辦！

瑪　麗　安：那你要我怎麼辦呢？就算我可以把三從四德拋到腦
　　　　　　後，我總得考慮我母親的立場吧。她從小把我拉拔
　　　　　　長大，對我疼愛有加，惹她不快的事我做不出來。
　　　　　　你去打動她的心思吧。說服她；你想做什麼就去
　　　　　　做，想說什麼就說，我給你這個權利；假使只要我
　　　　　　開口就能為你爭取她的好感，我願意向她坦承我對
　　　　　　你的情感。

克萊昂特：弗西娜，好 [152] 弗西娜，你願意幫我們忙嗎？

弗　西　娜：當然，這還用問嗎？我當然樂意。你們知道，我生
　　　　　　來通情達理。上天沒有給我一副鐵石心腸；我看到
　　　　　　有人規規矩矩真心相愛，就恨不得幫著敲敲邊鼓。
　　　　　　現在該如何是好呢？

克萊昂特：想想辦法，求求你。

瑪　麗　安：為我們指點迷津吧。

艾　莉　絲：想個辦法打破現在的僵局。

弗　西　娜：這可難了。[153] 說到你母親，她這人不是完全不明事

---

152 "pauvre"，原意「可憐的」，此處是用來表示「溫柔和熟悉」（Acad.）。
153 1734 年版增補：「（向瑪麗安）」。

理，我們也許能夠說服她，把掌上明珠轉贈給原新郎的兒子。[154]要說真正棘手的是，你父親可是你父親啊[155]。

克萊昂特：正是。

弗　西　娜：我的意思是說一旦婚事受阻，他肯定心有不甘，接下來也絕不可能同意你們的婚事。所以要杜絕後患，應該讓他自己反悔；想個辦法讓他對你[156]反感。

克萊昂特：有道理。

弗　西　娜：是的，有道理，我知道。這件事應當要往這個方向走，但天曉得該怎麼做。等等；要是我們能找到一位風韻猶存的女士，憑我的天分，把她喬裝打扮成一位貴婦，再找一批隨從來助陣，給她一個古怪的頭銜，什麼侯爵夫人，或子爵夫人呀，假裝是從下布列塔尼[157]來的；我有辦法教令尊相信她是一位貴婦，別說房地產了，光是現金就有十萬艾居；她愛令尊愛到發狂，一心只想嫁給他當夫人，甚至可以在婚約上寫明全部財產歸他所有；我打包票這樣的親事一定能打動他的心；說到底，他雖然很愛你，這我知道，不過他更愛錢；等到他財迷心竅，兩眼昏花，掉到圈套裡，成全了你們的好事，事後他即使弄清楚我們侯爵夫人實際有多少財產，發現自己

---

154 1734 年版增補：「（向克萊昂特）」。
155 言下之意：依阿巴貢那副德性，肯定難以溝通。
156 指瑪麗安。
157 在法國西北部布列塔尼半島西邊，僻處一隅。選擇布列塔尼，是出自幽默文學的傳統。

上當，生米也已經煮成熟飯了。

克萊昂特：這個主意面面俱到。

弗　西　娜：交給我來處理吧。我剛剛想到有個朋友，可以辦這
　　　　　　件事[158]。

克萊昂特：辦成這件事，弗西娜，我一定好好謝你。不過，
　　　　　　美麗的瑪麗安，請你先爭取令堂的同意吧；這門親
　　　　　　事取消了，事情就大有可為。我懇求你竭盡所有心
　　　　　　思。盡全力善用她對你的慈愛。上天賜給你動人的
　　　　　　眼睛和櫻桃小嘴，你就應該毫無保留地展現它們迷
　　　　　　人的魅力；而且請不要忘記溫柔的言語、甜蜜的懇
　　　　　　求、動人的撫慰，我相信沒人抵擋得了。

瑪　麗　安：我會盡心盡力，任何方法都不放過。

⊙ 第二景 ⊙

阿巴貢、克萊昂特、瑪麗安、艾莉絲、弗西娜。

阿　巴　貢：哎喲！我的兒子吻他未來繼母的手，而他未來的繼
　　　　　　母也沒怎麼見怪。這中間難不成有什麼祕密嗎？

艾　莉　絲：我父親來啦。

阿　巴　貢：馬車已經套好了。你們隨時可以出門。

....

158 弗西娜這個計謀到此為止，未再往下發展，顯得奇怪。首演時擔任此角的演員極可能是瑪德
　　蓮‧貝加，從表演的角度視之，1920 年代主演此角的女演員杜姍妮（Mme Dussane）認為安
　　排這個沒派上用場的計謀，可能是因為莫理哀需多休息一陣子再上場，見 Maurice Descotes,
　　Les grands rôles du théâtre de Molière (Paris, PUF, 1976), p. 134。《美麗的原告》四幕三景也
　　有類似橋段。

克萊昂特：既然您不去，爸爸，我帶她們去好了。

阿 巴 貢：不用，你留下。她們可以自己去沒問題；我有事需
　　　　　要你。

⊙ 第三景 ⊙

阿巴貢、克萊昂特。

阿 巴 貢：好啦，先不去談繼母的問題，你[159]説，你覺得她這
　　　　　人怎麼樣？

克萊昂特：我覺得她怎麼樣？

阿 巴 貢：沒錯，她的風采、她的體態、她的美貌、她的氣質
　　　　　如何？

克萊昂特：嗯、嗯[160]。

阿 巴 貢：就這樣？

克萊昂特：坦白説，我現在覺得她沒有我之前想的那麼好。她
　　　　　的態度輕浮風騷；她的五官比例不佳，她的外貌稀
　　　　　鬆尋常，她的才智普通平凡。爸爸，您可別誤會，
　　　　　認爲我故意這樣批評好使你嫌棄她；而是繼母就是
　　　　　繼母，不管誰來當，對我都一樣。

阿 巴 貢：可是你剛才對她説⋯⋯

----

159 此景前半部，莫理哀讓父親以「你」稱呼兒子以示親愛，中間換成「您」，拉開距離，最
　　後阿巴貢發怒，又恢復「你」，透露一種上對下的關係，至於克萊昂特對阿巴貢則始終用
　　敬稱「您」。
160 "Là, là"，「過得去」之意。

克萊昂特：這是爲了讓您開心，我代表您讚美她。

阿　巴　貢：所以你對她沒什麼興趣嘍？

克萊昂特：我對她？一點也沒有。

阿　巴　貢：眞是遺憾：你的話正好打消我剛才的念頭。剛剛
　　　　　　在這裡見到她，我考慮到自己年事已高；想到別人
　　　　　　看我老夫娶少妻，免不了要說三道四。因爲這番考
　　　　　　慮，我打了退堂鼓；不過我既然有言在先要娶她爲
　　　　　　妻，要不是你表明反感，我原來打算把她讓給你。

克萊昂特：讓給我？

阿　巴　貢：給你。

克萊昂特：結婚？

阿　巴　貢：結婚。

克萊昂特：您聽我說，她的確不是我會喜歡的型；不過爲了讓
　　　　　　您高興，爸爸，您要我娶她，我就下決心娶她。

阿　巴　貢：我嗎？我比你想的要理智多了。我絕不勉強你。

克萊昂特：對不起；我一向敬愛您，可以勉爲其難。

阿　巴　貢：不行，不行，情意不投，婚姻不會到白頭。

克萊昂特：爸爸，日久可能生情；俗語說愛情常是婚姻結的果
　　　　　　實。

阿　巴　貢：不成，對男人來說這種險冒不得，免得將來後患
　　　　　　無窮，我絕對不淌這個混水。你要是對她有些意思
　　　　　　嘛，那正好，我就會叫你娶她，而不是我來娶她；

不過情形既然不是如此，我就按照原來計畫，自己娶她。

克萊昂特：好吧，爸爸，事已至此，我只好說出我的心事，揭露我們的祕密。真相是自從有一天散步看到她以後，我就愛上她；我剛才還想要求您讓她嫁給我；要不是您說出了自己的心意，我怕惹您生氣，才沒開口要求。

阿 巴 貢：你老兄[161] 去拜訪過她嗎？

克萊昂特：去過，爸爸。

阿 巴 貢：很多次嗎？

克萊昂特：以認識的時間來說，不算少。

阿 巴 貢：人家有好好招待您？

克萊昂特：非常周到；不過她們不知道我是誰；所以剛才瑪麗安才會吃了一驚。

阿 巴 貢：您有對她表白情意，而且表明要娶她為妻嗎？

克萊昂特：當然；我甚至對她的母親也透露了一點心意。

阿 巴 貢：您表示有意娶她的女兒，母親聽進去了嗎？

克萊昂特：聽進去了，她彬彬有禮。

阿 巴 貢：那麼女兒也對您有意囉？

克萊昂特：要是眼見可以為憑，我相信，爸爸，她對我是有意的。

---

161 原文為「您」，起了疑心的阿巴貢從這裡開始對兒子使用敬稱，對話變成了質詢。

阿　巴　貢：我很高興知道有這樣一個祕密，這正是我想要知道
　　　　　的[162]。喔，好啦，兒子，您知道該怎麼辦嗎？您應該
　　　　　要想到，拜託一下，放棄這段感情；不要再追求我
　　　　　本人有意要成親的小姐；同時趕緊和我爲您物色的
　　　　　對象完婚才對。

克萊昂特：好呀，爸爸，您這是在耍我啊！好吧，事已至此，
　　　　　我告訴您，我絕不放棄對瑪麗安的滿腔熱情；爲了
　　　　　抱得美人歸，什麼事我都做得出來；如果您已經得
　　　　　到她母親的同意，我走別的管道，說不定，可以水
　　　　　到渠成。

阿　巴　貢：怎麼，混蛋，你[163]膽子大到要和我搶人嗎？

克萊昂特：是您搶了我的；我認識她在先。

阿　巴　貢：我不是你父親嗎？你不是應該尊敬我嗎？

克萊昂特：這種事做兒子的對父親讓不得；再說愛情面前人人
　　　　　平等。

阿　巴　貢：我要狠狠揍你一頓，教你知道我的厲害。

克萊昂特：您再怎麼威脅也沒用。

阿　巴　貢：你必須放棄瑪麗安。

克萊昂特：免談。

阿　巴　貢：快拿棍子過來。

---

162 這句話是旁白。
163 阿巴貢轉回使用「你」來稱呼兒子。

⊙ 第四景 ⊙

雅克師傅、阿巴貢、克萊昂特。

雅克師傅：喂、喂、喂，兩位，怎麼回事呀？你們想幹什麼
　　　　　呢？

克萊昂特：我什麼都不管了。

雅克師傅：喔，少爺，冷靜點。

阿　巴　貢：對我說話這麼囂張！

雅克師傅：喔，老爺，您大人有大量。

克萊昂特：我絕不改口。

雅克師傅：唉怎麼，對自己的爸爸也這樣講話？

阿　巴　貢：讓我教訓他。

雅克師傅：唉，怎麼了，要教訓自己的兒子？揍揍我也就算了。

阿　巴　貢：雅克師傅，你來說句公道話，證明我有道理。

雅克師傅：我同意。[164] 您站開些。

阿　巴　貢：我看上一位小姐，準備要娶進門；這個混蛋居然天
　　　　　殺的跟我愛上同一位，而且不聽我的命令，硬是要
　　　　　娶她。

雅克師傅：啊！錯在他。

阿　巴　貢：做兒子的竟然和父親互相競爭，不是一件駭人聽聞
　　　　　的事嗎？他眼中要是有我，難道不該避免去打我心

164　1734 年版增補：「（向克萊昂特）」。

　　　　上人的主意嗎？

雅克師傅：您說的有道理。讓我過去跟他講，您在這兒稍等。

（他走到舞台的另一邊去找克萊昂特。）

克萊昂特：好吧，既然他要你來當裁判，我不反對；誰來評
　　　　理，我都無所謂；雅克師傅，由你來判定我們之間
　　　　誰是誰非，我也挺樂意。

雅克師傅：承蒙您看得起。

克萊昂特：我愛上了一位年輕小姐，她也對我有意，含羞帶怯
　　　　地接受了我的求婚；可是半路殺出我父親這個程咬
　　　　金，請人求親，打算娶她為妻。

雅克師傅：這是他不對。

克萊昂特：他這一大把年紀，還妄想要結婚，不覺得難為情
　　　　嗎？想談戀愛，這像話嗎？談情說愛這種事應該讓
　　　　給年輕人來吧？

雅克師傅：您說的對，他是在開自己的玩笑。讓我過去和他講
　　　　講。（他走回阿巴貢身邊。）好啦，您兒子不像您說的
　　　　那樣不講道理，他想通了。他說他知道要尊敬您，
　　　　剛剛一時衝動才會脾氣失控，將來凡是您高興做的
　　　　事，他絕不反對，只要您待他好一點，讓他娶一位
　　　　他喜歡的小姐就行。

阿　巴　貢：啊，雅克師傅，既然他想通了，要做什麼，我都可
　　　　以答應；除了瑪麗安以外，他想娶誰就娶誰。

雅克師傅（他走向兒子。）：讓我來吧。好了，令尊沒有您說

　　　　　的那樣不講理；他說是因爲您剛剛大發脾氣，他才
　　　　　發火；他只是不喜歡您的態度，其實您想要的，令
　　　　　尊都樂意答應，只要您的態度溫和一點，恭敬、尊
　　　　　重、孝順他，盡到做兒子對父親的禮節。

克萊昂特：喔，雅克師傅，你可以向他保證，要是他肯把瑪麗
　　　　　安給我，我永遠當最聽話的兒子；往後我凡事都聽
　　　　　他的。

雅克師傅：事情解決了。他同意您說的。

阿　巴　貢：眞是再好不過。

雅克師傅：全談妥了。您答應的事，他很高興。

克萊昂特：謝天謝地。

雅克師傅：兩位先生，你們彼此可以談話了：現在你們意見一
　　　　　致；剛才會吵架，純粹是誤會一場。

克萊昂特：我的好雅克，我一輩子感激你。

雅克師傅：沒什麼，少爺。

阿　巴　貢：你眞教我高興，雅克師傅，值得嘉獎。去吧，我會
　　　　　記住，你放心。（他從口袋裡掏出手帕[165]，雅克以爲阿巴
　　　　　貢要賞他什麼東西。）[166]

雅克師傅：多謝老爺[167]。

165　莫理哀之後，這個橋段逐漸增加演出細節，如阿巴貢掏出的是一塊極小的手
　　帕，甚至用手帕拭眼，彷彿對雅克感激到不禁流淚，其實不合邏輯，見 Descotes, *op. cit.*, p. 142。
166　這一景父子衝突由一個假調停者（雅克）從中斡旋，也是典型的假面喜劇橋段。
167　原文直譯為「我吻您的手」，意思是「謝謝」（Furetière）；雅克原來等著賞賜，沒拿到，
　　因此出口諷刺。

⊙ 第五景 ⊙

克萊昂特、阿巴貢。

克萊昂特：爸爸，我剛才不應該亂發脾氣，請您原諒。

阿　巴　貢：沒什麼。

克萊昂特：說實話，我真是懊悔得很。

阿　巴　貢：我呢，看到你聽得懂道理，真是高興得很。

克萊昂特：您這麼快就不跟我計較真是寬宏大量！

阿　巴　貢：孩子能夠知道要守本分，父母回頭也就忘了。

克萊昂特：什麼？我那些放肆的舉止，您一點也不在意嗎？

阿　巴　貢：你能重盡孝道，尊敬父親，我不得不原諒一切。

克萊昂特：爸爸，我答應，您對我的仁慈，我至死不忘。

阿　巴　貢：我嘛，我答應，往後對你有求必應。

克萊昂特：喔！爸爸，我不會再向您要什麼了；您把瑪麗安給
　　　　　我，已經很夠了。

阿　巴　貢：什麼？

克萊昂特：我是說，爸爸，您對我太好了；您仁慈為懷把瑪麗
　　　　　安給我，就等於是給了我一切。

阿　巴　貢：是誰說要把瑪麗安給你的？

克萊昂特：是您呀，爸爸。

阿　巴　貢：我？

克萊昂特：沒錯。

阿　巴　貢：怎麼？是你答應要放棄她的。

克萊昂特：我，放棄她？

阿　巴　貢：對。

克萊昂特：門兒都沒有。

阿　巴　貢：你沒有放棄娶她為妻？

克萊昂特：正好相反，我比之前更堅決。

阿　巴　貢：什麼，該死的東西，又來啦？

克萊昂特：什麼也改變不了我的決定。

阿　巴　貢：不肖的東西，看我怎麼收拾你。

克萊昂特：隨您高興。

阿　巴　貢：我永遠不准你見我的面。

克萊昂特：再好不過。

阿　巴　貢：我不要你了。

克萊昂特：就不要吧。

阿　巴　貢：我不認你這個兒子。

克萊昂特：隨便。

阿　巴　貢：我取消你的繼承權 [168]。

---

168 在 17 世紀，當父親認為兒子行為不檢、惡劣，例如未得到雙親同意私自成婚，依法可以取
　　消兒子的繼承權。

克萊昂特：悉聽尊便。

阿 巴 貢：我詛咒你。

克萊昂特：我用不著您的禮物。[169]

⊙ 第六景 ⊙

阿箭、克萊昂特。

阿　　箭（從花園出來，抱著一個錢箱。）：啊，少爺，我正找
　　　　您！快跟我走。

克萊昂特：怎麼回事？

阿　　箭：跟我走，我告訴您：我們有錢了。

克萊昂特：怎麼？

阿　　箭：這就是您在找的東西。

克萊昂特：什麼？

阿　　箭：我整天盯著看要怎麼拿到手。

克萊昂特：這是什麼呀？

阿　　箭：令尊的寶藏，被我手到擒來。

克萊昂特：你怎麼弄到手的？

阿　　箭：待會兒您就知道一切。快走，我聽到他在大呼小叫
　　　　了。

---

169 這一景源自於假面喜劇的典型橋段「咒罵兒子」（"maledizione al figlio"）。

⊙ 第七景 ⊙

阿巴貢。

阿　巴　貢（他從花園裡喊捉賊，顧不得戴帽子。）：抓賊，抓賊，
抓兇手，抓謀殺犯。公道何在，天理何在。我完
了，我被暗殺了，有人割了我的脖子，有人偷走我
的錢。會是誰？他在做什麼？他現在哪裡？他躲在
什麼地方？我要怎麼找到他呢？往哪裡追？不用往
哪裡追呢？他不在那邊嗎？他不在這邊嗎？這是
誰？站住。還我錢來，無賴流氓……（他抓住自己的
手臂。）啊，是我自己。我的神智渙散，不知道身
在哪裡、我是誰、我在做什麼。唉，我可憐的錢，
我可憐的錢，我親愛的朋友，有人把你從我身邊奪
走；你從我手裡被偷走，我失去了我的支柱、我的
安慰、我的快樂，一切全泡湯了，我活著沒有意義
了。沒有你，我沒辦法活。事已至此，我再也活不
下去，我斷氣，我死了，我已經給埋啦。難道沒有
人願意救我活過來[170]，把我的寶貝錢還給我？或者告
訴我是誰偷的？嗯？你說什麼？沒有人出面。不管是
誰幹下這種好事，一定是來陰的；這個人小心觀察下
手的時間，正好選中我和那個奸詐的兒子吵嘴的時
機。走。我要去告狀，查問全家大小[171]；女傭、男僕、
兒子、女兒，還有我自己。這裡這麼多人[172]！一眼

170　對著觀眾說。
171　只有碰到重大罪行且罪證充分，法官才會開庭審訊。
172　對著觀眾說。

看過去，沒有一個不可疑，全都像是偷我錢的人。
咦？那邊在偷偷說什麼呢？是在說偷我錢的賊嗎？
那邊上面出什麼聲音？是偷錢賊藏在那裡嗎？大家
行行好，要是有人知道偷我的賊躲在哪裡，求求您
告訴我吧。他有沒有藏在你們中間呢？他們全看著
我，都在笑。你們看，我被偷，他們一定都參一
腳。快來呀，警官[173]、武警[174]、法警、法官，還有刑
具、絞刑架、劊子手。我要把所有人都吊死；要是
找不回我的錢，我等下就上吊。[175]

---

173 "Commissaires"，在巴黎的夏德雷（Châtelet）調查和問案的警官。此官職可以用錢買，薪水由找他們辦事的人付（見五幕六景），因此賄賂、貪汙事件層出不窮，雖幾經整頓，但成效不彰。

174 "Archers"，原是指「弓箭手」，在17世紀指配戴斧鉞，隨同法警（prévot）去逮捕人犯的武警（Furetière）。

175 在這長段獨白中，莫理哀和普羅特較勁，後者寫的獨白如下：「我完了，我被暗殺了，我死了。我應該要跑去哪裡呢？我不應該跑去哪裡？喂，喂那個偷我的人。不過他是誰？我不知道，我什麼也看不見，我走起路來像是個瞎子，說實話我也不知道要走去哪裡，既不知道我人在哪裡，也不知道我是誰。我求你們大家幫個忙，指給我看那個偷我錢的賊。我懇請諸位，哀求諸位行行好。為了掩人耳目，他們〔小偷〕外表樸素，穿粉白色衣服，坐下來就和一個正經人沒兩樣。你呢，你怎麼說？你這人信得過嗎？從你的臉看來，像是個好人。怎麼回事？你們在笑什麼？你們每一個我都認識。我知道這裡有很多扒手。什麼！你們所有人當中沒有一個拿走我的錢？你們整死我了！所以說，是誰拿了呢？你們難道一點也不知道嗎？哈！我破產了；我是世上最不幸的人；我走投無路，不知道要上哪裡去，也不知道自己是怎麼回事，這一天帶給我這麼多憂愁、哀傷和痛苦！〔……〕」，《一鍋黃金》，四幕九景，根據馬侯斯的譯文。許多作品曾模仿這段有名的獨白。

第 五 幕

⊙ 第一景 ⊙

阿巴貢、警官、他的書記。

警　　官：讓我來。感謝上天，我懂我這一行。我不是今天才
　　　　　辦竊盜案；我還真希望到我手上的一千法朗紅包[176]，
　　　　　有我送去吊死的人那麼多。

阿 巴 貢：所有法官都應該來辦這件案子；要是不能把錢給我
　　　　　找回來，我就上法院去告法院[177]。

警　　官：我們必須按所有必要的程序走。您說這個箱子裡
　　　　　有？

阿 巴 貢：足足一萬艾居[178]。

警　　官：一萬艾居！

阿 巴 貢：一萬艾居。

警　　官：損失相當可觀。

阿 巴 貢：這種滔天大罪，什麼酷刑都不足以懲戒；要是讓小
　　　　　偷逍遙法外，再神聖的東西也保不住。

警　　官：這筆款項都是些什麼錢幣呢？

---

176 原文為「裝一千法朗的錢包」。
177 "je demanderai justice de la justice"，莫理哀玩 "justice" 一字的「正義」和「司法」雙關語義，
　　意即錢如果找不回來，表示司法有問題，找回他的錢，才有正義可言。
178 這個裝了「足足一萬艾居」的錢箱，意即三萬鎊，由金路易（Louis d'or）和皮斯托組成，
　　一金路易相當於一艾居，以一艾居 11 鎊計，共有 2727 個硬幣；在 1644 及 1669 年間，一
　　個金路易重 6.7 至 6.75 公克，因此，這個錢箱子重量超過 18 公斤，見 Notice de "la cassette"
　　par Fernand Angué, *L'Avare* (Paris, Bordas, «Univers des lettres», 1972), p. 46；參閱註釋 33。

阿 巴 貢：是上好的金路易和足色的皮斯托。

警　　官：您懷疑是誰偷的呢？

阿 巴 貢：每一個人；我要你把城裡城外的人全抓起來關進牢
　　　　　裡去。

警　　官：您要是信得過我，先不要打草驚蛇，應該暗中想辦
　　　　　法找到一些證據，再依法追回您被偷的錢。

⊙ 第二景 ⊙

雅克師傅、阿巴貢、警官、他的書記。

雅克師傅（在舞台邊上，面朝裡。）：我一會兒就回來。馬上替我
　　　　　把牠殺了；把牠的腳烤一烤；水滾開後放進去汆燙，
　　　　　然後吊到天花板上。

阿 巴 貢：吊誰？偷我的那個賊嗎？

雅克師傅：我是在說一頭乳豬，您的管家剛剛給我送來的[179]，我
　　　　　打算發揮廚藝，讓您一飽口福。

阿 巴 貢：我不是問這個；這裡這位先生，有別的事情需要和
　　　　　你談談。

警　　官：不要怕。我不是那種害你名聲掃地的人，事情可以
　　　　　辦得神不知鬼不覺。

雅克師傅：這位先生在您這兒用餐嗎？

警　　官：老兄，對您的老板，你應該毫無隱藏。

---

179 阿巴貢很可能有個農莊在附近，Tobin, *op. cit.*, p. 89。

雅克師傅：說真的，先生，我要使出渾身本事，絕不留一手；
　　　　　我包您吃得過癮。

阿　巴　貢：問題不在這裡。

雅克師傅：要是我不能順著心意為您做出好菜來，這可是我們
　　　　　管家先生的錯，他用省錢這把剪刀剪掉了我好手藝
　　　　　的翅膀。

阿　巴　貢：好奸詐，我們不是在講晚餐；我的錢被偷了，我要
　　　　　你告訴我你聽到的消息。

雅克師傅：有人偷了您的錢？

阿　巴　貢：是的，混蛋；如果你不還，我就送你去吊死。

警　　官：我的天。不要這麼兇巴巴。我看他的神色就是個老
　　　　　實人；用不著抓去關，他就會把您想知道的事情原
　　　　　原本本說出來。沒錯，老兄，你儘管招出實情，我
　　　　　包你毫髮無傷，而且你的老板還會獎賞你。今天有
　　　　　人偷了他的錢，你不可能一點風聲都沒聽到吧。

雅克師傅：（旁白）要報復咱們管家，機會來了：自從他來了，
　　　　　就成了紅人，大家只聽他的話；還有剛才那幾棍，
　　　　　我怎麼也忘不了。

阿　巴　貢：你在想什麼？

警　　官：隨他吧。他正準備要好好回答，包您滿意；我剛才
　　　　　說了他是個老實人。

雅克師傅：先生，如果您想要我說出實情，我相信是您的寶貝
　　　　　管家幹的。

阿 巴 貢：瓦萊爾？

雅克師傅：是。

阿 巴 貢：是他？一個看起來對我這麼忠心耿耿的人？

雅克師傅：正是他。我相信是他偷了您的錢。

阿 巴 貢：你憑什麼相信是他？

雅克師傅：憑什麼？

阿 巴 貢：對。

雅克師傅：我相信是他……因爲我相信是他。

警　　官：不過你必須提出證據來。

阿 巴 貢：在我放錢的地方，你有沒有看到他轉來轉去？

雅克師傅：有，的確是。您把錢放在哪裡呢？

阿 巴 貢：在花園裡。

雅克師傅：正是。我看見他在花園裡轉來轉去。那筆錢放在什
　　　　　麼裡面？

阿 巴 貢：在一個錢箱裡。

雅克師傅：就是。我看見他抱著一個箱子。

阿 巴 貢：這個箱子長什麼樣子呢？我看看是不是我的那一個。

雅克師傅：什麼樣子？

阿 巴 貢：對。

雅克師傅：它是……它就是一個箱子的樣子嘛。

警　　官：那當然。不過你形容一下，看看是不是同一個。

雅克師傅：那是一個大箱子。

阿　巴　貢：人家偷我的那一個是個小的。

雅克師傅：呃，對，是個小的，就箱子大小來説；不過我説它
　　　　　　大，是指裡面放的東西。

警　　官：那麼箱子是什麼顏色呢？

雅克師傅：什麼顏色？

警　　官：是。

雅克師傅：顏色是……咭，就是一種顏色……您就不能提示一
　　　　　　下嗎？

阿　巴　貢：嗯？

雅克師傅：不是紅的嗎？

阿　巴　貢：不對，是灰的。

雅克師傅：哎，對，灰紅色；我要説的就是這個顏色。

阿　巴　貢：錯不了。那是我的箱子沒錯。記下來，先生，記下
　　　　　　他的證詞。老天爺！從今以後還有誰能信！什麼咒
　　　　　　都不用再賭了；往後難保我不會偷自己了。

雅克師傅：先生，他回來了。別跟他説，至少別跟他説是我説
　　　　　　的。

⊙ 第三景 ⊙

瓦萊爾、阿巴貢、警官、他的書記、雅克師傅。

阿 巴 貢：過來。把你做的最見不得人、最窮兇惡極的事招出
來。

瓦 萊 爾：先生有什麼吩咐嗎？

阿 巴 貢：怎麼，奸賊，你犯了法還不臉紅嗎？

瓦 萊 爾：您說我犯了哪一條呢？

阿 巴 貢：要我說你犯了哪一條法，卑鄙，好像你還不知道我
要說什麼似的。你想瞞也瞞不住啦。事情已經被揭
發了，剛才有人全對我招了。你怎麼能濫用我的好
心，混到我家裡來就是為了要騙我？跟我玩這種把
戲？

瓦 萊 爾：先生，事情既然已經揭發，我也就不再拐彎抹角，
對您否認。[180]

雅克師傅：喔，喔。難道這就叫我矇到了嗎？

瓦 萊 爾：我本來就打算把這件事告訴您，只是在等一個適當
的時機；不過事已至此，求您不要發火，先聽聽我
的理由。

阿 巴 貢：卑鄙的賊骨頭，你難道還有什麼好理由可講？

瓦 萊 爾：啊！先生，我不值得這些罵名。沒錯我冒犯了您；

---

180 下文中阿巴貢說的是錢箱，瓦萊爾指的是艾莉絲，兩者在法文中皆屬陰性名詞，代詞同為
"la"，因此造成張冠李戴（quiproquo），雞同鴨講。這個橋段來自《一鍋黃金》四幕十景。

但是我的過錯畢竟情有可原。

阿　巴　貢：怎麼，情有可原？設下這種圈套？這種謀害人的奸
　　　　　計？

瓦　萊　爾：發發慈悲，請您千萬不要發火。聽完我的話，您就
　　　　　會明白，傷害不如您想的那樣嚴重。

阿　巴　貢：傷害不如我想的那樣嚴重！什麼？那是我的血、我
　　　　　的心肝呀，混帳東西！

瓦　萊　爾：您的血，先生，並不是落入壞人手裡。我的出身不
　　　　　容許我玷汙她，何況我做的這一切沒有什麼是不能
　　　　　挽回的。

阿　巴　貢：這正是我的意思；你就把從我這兒奪走的東西還給
　　　　　我。

瓦　萊　爾：您的榮譽，先生，始終毫髮無傷。

阿　巴　貢：這事無關榮譽。不過，告訴我，是誰指使你做出這
　　　　　種事來？

瓦　萊　爾：唉！您問我嗎？

阿　巴　貢：對，沒錯，是我問你。

瓦　萊　爾：是一位神，凡是祂要一個人去做的事，都可以得到
　　　　　諒解，那就是愛情。

阿　巴　貢：愛情？

瓦　萊　爾：對。

阿　巴　貢：美麗的愛情，美麗的愛情，啊喲！其實是愛上我的

金路易。

瓦 萊 爾：不是，先生，我絕對不是被您的財富所誘惑；我不
　　　　　是因此鬼迷心竅，只要您把我已經擁有的東西讓給
　　　　　我，我保證絕不覬覦您的財產。

阿 巴 貢：不幹，見鬼了，我才不給。你們看他多麼霸道，偷
　　　　　了我的東西還不想放手。

瓦 萊 爾：您把這叫做偷嗎？

阿 巴 貢：我把這叫做偷嗎？像那樣子的寶貝。

瓦 萊 爾：這是一件寶貝，沒錯，毫無疑問是您最珍貴的一
　　　　　件；不過給我，並不等於失去。我跪下來，求您給
　　　　　我這件迷人的寶貝；您應該給我，才算是一件美事。

阿 巴 貢：我才不，這成什麼體統？

瓦 萊 爾：我們倆已經互許諾言，發誓永不負心。

阿 巴 貢：永不負心，妙得很，互許諾言，真是好笑！

瓦 萊 爾：是的，我們已經互許終身，永不分離。

阿 巴 貢：我包管攔住你們。

瓦 萊 爾：只有死亡才能將我們分開。

阿 巴 貢：這簡直是愛我的錢愛到發狂。

瓦 萊 爾：我前面已經說了，先生，我這樣做實在不是為了錢
　　　　　財。我的心並非按照您猜想的動機行事，我會做這
　　　　　個決定，是出於一個更高貴的緣由。

阿 巴 貢：你們看他強奪我的財產，還說成是出於基督的仁
　　　　　慈；不過我會重整家門；你這無恥的惡棍，司法會
　　　　　爲我主持一切公道。

瓦 萊 爾：您要怎樣處置我都行，不管如何嚴苛，我全部接受
　　　　　就是了；不過我請您相信，無論如何，萬一有任何
　　　　　過錯，那只該控告我一人，令嬡半點錯也沒有。

阿 巴 貢：我自然相信，沒錯；我女兒會牽扯進來也太奇怪
　　　　　了。不過我要拿回我的東西，你把它藏到哪裡去
　　　　　了，快從實招來。

瓦 萊 爾：我？我根本沒有把她帶走，她還在您府上。

阿 巴 貢：啊我的寶貝錢箱！它半步也沒離開過我家？

瓦 萊 爾：沒有，先生。

阿 巴 貢：嘿，那麼告訴我；你沒碰過它吧？

瓦 萊 爾：我，碰過她？喔！您錯怪了她，也錯怪了我；我對
　　　　　她的炙熱感情，是完全的純潔和敬重。

阿 巴 貢：對我的箱子燃燒熱情！

瓦 萊 爾：我寧死也不願對她表現任何冒犯的念頭。她太端
　　　　　莊、太正直，絕不可能逾越規矩。

阿 巴 貢：我的箱子太正直！

瓦 萊 爾：只要見到她，我就心滿意足；她美麗的眼睛讓我心
　　　　　醉神迷，可是我絕對沒有染指她的想法。

阿 巴 貢：我的箱子有美麗的眼睛！他說起箱子來，活像是說

起心愛的人。

瓦 萊 爾：先生，克蘿德太太知道這段戀情的真相，她可以為
　　　　　我作證……

阿 巴 貢：什麼，我的女傭是同謀？

瓦 萊 爾：是的，先生，她是我們訂婚的證人；她知道我是一
　　　　　片真心，才幫忙勸令嬡相信我，接受我的求婚。

阿 巴 貢：哎？難道他是怕吃上官司才胡說八道嗎？你把我的
　　　　　女兒牽扯進來是什麼意思？

瓦 萊 爾：我是說，先生，我費盡千辛萬苦才讓她放下矜持，
　　　　　答應和我長相廝守 181。

阿 巴 貢：誰的矜持？

瓦 萊 爾：您的女兒呀；直到昨天，她才下決心和我一起簽訂
　　　　　婚約 182。

阿 巴 貢：我女兒和你簽訂婚約！

瓦 萊 爾：是的，先生；我也同時簽了。

阿 巴 貢：天啊！又一樁醜事！

雅克師傅：記下來，先生，記下來。

阿 巴 貢：真是禍不單行！一波未平，一波又起！來吧，先
　　　　　生，執行你的職務，為我寫下他的起訴書，告他竊
　　　　　盜，告他誘拐 183。

181 譯文參閱〈譯後記〉。
182 婚約即使私下簽訂，也具有法律效用。
183 "comme suborneur"，按照 1639 年的法令，誘拐者（suborneur）可能被判死刑，因此下一景

瓦　萊　爾：這些指控對我無效；一旦你們知道我的來歷……

⊙ 第四景 ⊙

艾莉絲、瑪麗安、弗西娜、阿巴貢、瓦萊爾、雅克師傅、警官、他的書記。

阿　巴　貢：啊！不肖的女兒！像我這樣的父親居然會養出你這個可恥的女兒！你就是這樣遵守我的家教！你竟然愛上一個卑鄙的小偷，沒有得到我的同意就和他訂婚？可是你們兩個都打錯了如意算盤。[184] 四堵厚牆是你行為不檢的下場 [185]；[186] 你色膽包天，絞刑架會為我主持公道。

瓦　萊　爾：這件事不能單憑您激動的情緒判決；在斷定我的罪名之前，至少，聽聽我的申述。

阿　巴　貢：我剛才說絞刑還太小意思；你應該活活地死在車輪刑 [187]。

艾　莉　絲（跪在父親面前。）：啊！爸爸，求求您有點人性，不要濫用做父親的權力讓事情變得無法收拾：不要意氣用事，給自己一些時間想想您要採取的行動。花點心思好好看看這個惹您生氣的人：他完全不是您眼中認定的那種人；如果您知道當年要不是他出手

提及絞刑是有道理的。
184　1734 年版增補：「（對艾莉絲）」。
185　17 世紀的法律允許一家之主軟禁極不受教的孩子。
186　1734 年版增補：「（對瓦萊爾）」。
187　"roué tout vif"：先將受刑人痛打一頓，然後仰天綁在一個車輪上直到斷氣為止，比絞刑更可怕，用來懲罰殺人犯，以昭炯戒。

相救，您早就沒有我這個女兒了，我答應嫁他，並不讓人意外。是的，爸爸，您知道我那次掉到水裡，差點沒淹死，把我救起來的人就是他，您女兒的這條命是他給的……

阿　巴　貢：這一切算什麼；在我看來，他當初要是讓你淹死，倒比後來做出這些醜事來要好的多。

艾　莉　絲：爸爸，我求求您，看在父女的情分上，准許我……

阿　巴　貢：住嘴，我什麼也不聽；司法非處理不可。

雅克師傅[188]：你打了我好幾棍，現在可要付出代價了。

弗　西　娜[189]：這下子可真是亂成一團。

⊙ 第五景 ⊙

昂塞姆、阿巴貢、艾莉絲、瑪麗安、弗西娜、瓦萊爾、雅克師傅、警官、他的書記。

昂　塞　姆：出了什麼事嗎，阿巴貢大人？我看您激動萬狀。

阿　巴　貢：啊！昂塞姆大人，您看我是世間最不幸的人了；您前來寒舍簽訂婚約，可是我這裡吵吵鬧鬧亂成一團！有人暗中算計竊取我的財產，毀掉我的名聲，簡直就是要我的老命；他就是這個內奸、壞蛋，無法無天；冒充下人混進我家，偷走我的錢，拐騙我的女兒。

---

188 1734 年版增補：「（旁白）」。
189 同上註。

瓦　萊　爾：誰要您的錢來著？您對我胡說個沒完沒了。

阿　巴　貢：是的，他們倆已經私訂終身。他們冒犯了您，昂塞
　　　　　　姆大人；您應該出面告他[190]，依法究辦，好報復他的
　　　　　　狂妄自大。

昂　塞　姆：我不強迫別人非得要嫁給我不可，女方既然芳心另
　　　　　　有所屬，我不強求；不過您的利益問題，我一定感
　　　　　　同身受幫忙處理。

阿　巴　貢：這裡這位先生，是位正直的警官，他沒有虧守剛才
　　　　　　跟我提過的職責，先生，按程序起訴他，盡量加重
　　　　　　他的罪名。

瓦　萊　爾：我看不出我對令嬡的感情是犯了什麼罪，我們訂
　　　　　　婚，您相信我因此該被法辦，等你們知道我是什麼
　　　　　　來歷……

阿　巴　貢：你編的這些故事簡直笑掉人大牙；現在的社會到處
　　　　　　都是這種冒充貴族的騙子[191]，利用自己出身寒微，沒
　　　　　　沒無聞，隨便抓住一個顯赫的名字就肆無忌憚，冒
　　　　　　用行騙。

瓦　萊　爾：您要知道我生性高貴，不是自己的東西就不會拿來
　　　　　　往臉上貼金，而且整個那不勒斯都可以為我的身世
　　　　　　作證。

昂　塞　姆：慢著。說話要當心。你想像不到會碰到什麼風險；

190　阿巴貢因此即可省下訴訟費用，改由昂塞姆支付。
191　這是當年的社會問題，路易十四在 1660 年代曾試著解決，成效不大。

你站在一個全那不勒斯都認識的人面前說話，你編
的故事，他一眼就能看穿。

瓦 萊 爾（驕傲地戴上帽子[192]。）：我天不怕，地不怕；既然您對
那不勒斯很熟，一定知道誰是唐湯姆·達比西。

昂 塞 姆：我當然知道；而且沒幾個人比我更清楚。

阿 巴 貢：我才不管什麼唐湯姆或唐馬丹[193]。

昂 塞 姆：等等，請讓他說下去，我們聽聽他能說出什麼名堂
來。

瓦 萊 爾：我要說的是，就是他給了我生命。

昂 塞 姆：他？

瓦 萊 爾：是的。

昂 塞 姆：算了吧。你真會開玩笑。再另外編一個故事，比較
騙得過人；編出這個人，你脫不了身。

瓦 萊 爾：說話前請三思。這絕非詐欺；我所說的都不難找到
證據。

昂 塞 姆：什麼？你敢說你就是唐湯姆·達比西的兒子嗎？

瓦 萊 爾：是的，我敢；而且不管當著誰的面，我都堅持這個
事實。

....

192 這個動作透露了瓦萊爾的貴族身分。在 17 世紀，一位貴族總是戴著帽子，除非是碰到身分
和自己相當、或地位比自己高的人才摘下帽子。

193 1682 年版劇本在此處加了一條舞台表演指示：「他看見點著兩根蠟燭，吹滅一根」，雅克
見狀，再點燃蠟燭，阿巴貢再弄熄；雅克又點燃，阿巴貢再弄熄，並把蠟燭放進褲袋中，
但露出一小截，見 Descotes, *op. cit.*, pp. 136-37。這是當年認為此景無趣的人加演的橋段，後
竟演變成傳統！

昂 塞 姆：真是膽識過人。為了證明你是錯的，聽清楚，這少
　　　　說是 16 年前的往事了，你提起的那個人，已經和他
　　　　的妻子和孩子葬身大海，當年那不勒斯大亂[194]，貴族
　　　　遭到殘酷迫害，好幾個顯貴家族被迫流亡海外。

瓦 萊 爾：沒錯：不過為了證明您是錯的，聽著，他那個七
　　　　歲大的兒子，和一個傭人，被一艘西班牙船從海裡
　　　　救了起來，這個獲救的小孩就是現在對您說話的
　　　　人。您聽著，這艘船的船長同情我的命運，好心待
　　　　我，像親生兒子一樣把我撫養長大，等我會用武器
　　　　以後就讓我加入軍隊。前不久，我得知父親並未罹
　　　　難，我一直以來也是這麼相信的；為了找他，我路
　　　　過此地，天公作美，我遇見了迷人的艾莉絲；一見
　　　　到她，我就拜倒在她的石榴裙下；我的愛是那麼強
　　　　烈，她的父親又是那麼不近人情，我這才下定決心
　　　　毛遂自薦進入她的家裡幫傭，另外派了一個人去找
　　　　我的父母。

昂 塞 姆：不過除了你的這番話，還有什麼證據，可以向我們
　　　　證明你不是利用一件真人實事編出一個故事來呢？

瓦 萊 爾：有西班牙船長、我父親的紅寶石圖章、我母親套在
　　　　我手臂上的瑪瑙鐲子、老佩德羅，那個船難時和我
　　　　一起獲救的老傭人。

---

194 莫理哀似乎是指涉 1647-1648 年那不勒斯人民為反抗西班牙暴政而發動的革命；從姓氏考證，
　　唐湯姆（Dom Thomas）應是西班牙後裔。

瑪　麗　安：天啊 [195]！聽你這番話，我呢，在這裡就可以證明，
　　　　　　你沒有騙人；你說的一切，教我確認你就是我的哥
　　　　　　哥。

瓦　萊　爾：你是我的妹妹？

瑪　麗　安：是的，剛才你一開口，我心裡就很感動；我們的
　　　　　　母親看到你一定喜出望外，她曾經千百次對我說起
　　　　　　家中的不幸。老天爺保佑，我們也沒在那次船難中
　　　　　　葬身大海；不過我們雖然獲救卻成為俘虜；是海盜
　　　　　　扣留了我們，媽媽，和我，被他們從一塊破船板上
　　　　　　救了起來。當了十年奴隸，僥倖碰到一個時機，我
　　　　　　們重獲自由，回到了那不勒斯，發現家產幾乎全被
　　　　　　賣光，也打聽不到父親的下落。後來我們去了熱那
　　　　　　亞 [196]，母親份內的遺產幾乎被瓜分殆盡，她勉強拿了
　　　　　　些零頭；為了躲避蠻不講理的親戚，母親逃到這裡
　　　　　　來，成天唉聲嘆氣，過一天是一天。

昂　塞　姆：天啊！祢真是神通廣大！祢使我們看到只有祢才能
　　　　　　創造奇蹟。我的孩子，過來擁抱我，來和你們的父
　　　　　　親分享你們的喜悅。

瓦　萊　爾：您是我們的父親？

瑪　麗　安：您就是讓母親以淚洗面的人嗎？

昂　塞　姆：是的，我的女兒，是的，我的兒子，我就是唐湯

---

195 "Hélas"，這個感嘆詞在此處用來表達情感，但無懊悔或氣惱的意思如「唉」。
196 Gênes，為義大利西北部一個工業鼎盛的海港。

姆‧達比西，託天之福，他 [197] 身上的錢財沒有被海浪沖走，整整 16 年來，誤以為你們全死於海難，他長途跋涉，正準備找一個溫順賢慧的女子成家，指望在一個新的家庭找到安慰。回到那不勒斯，生命沒什麼保障，我也就斷了回去的念頭；想辦法變賣在那裡的資產，我定居這裡，用昂塞姆這個名字，好避開另外那個讓我受盡折磨，每一想到就傷心的名字。

阿 巴 貢：這位就是您的公子嗎？

昂 塞 姆：是的。

阿 巴 貢：他偷了我一萬艾居，您要負責賠償。

昂 塞 姆：他，偷了您的錢？

阿 巴 貢：就是他本人。

瓦 萊 爾：誰告訴您的？

阿 巴 貢：雅克師傅。

瓦 萊 爾：是你說的？

雅克師傅：您看我什麼也沒說。

阿 巴 貢：就是。這位警官已經記下他的證詞。

瓦 萊 爾：您相信我做得出這種無恥的事嗎？

阿 巴 貢：管你做得出做不出，我反正都要拿回我的錢。

---

197 昂塞姆／達比西（d'Alburcy），此處用第三人稱描述自己的遭遇，好像說的是別人的事，似在為自己原準備迎娶可以當女兒的艾莉絲找一個下台階。

152 莫理哀《守財奴》

⊙ 第六景 ⊙

克萊昂特、瓦萊爾、瑪麗安、艾莉絲、弗西娜、阿巴貢、昂塞姆、
雅克師傅、阿箭、警官、他的書記。

克萊昂特：別再氣惱了，爸爸，也不要冤枉別人。您丟的錢箱
　　　　　我已經發現了下落，我回家來就是爲了要告訴您，
　　　　　要是您肯讓我娶瑪麗安，您的錢就會回到您手上。

阿 巴 貢：錢在哪裡？

克萊昂特：您不必擔心。我擔保錢放在一個可靠的地方，由我
　　　　　全權負責。現在就看您的決定了。給我瑪麗安，要
　　　　　不就丟掉您的錢箱，請選擇。

阿 巴 貢：分文未動？

克萊昂特：絲毫未動。您考慮一下是不是打算也站在她母親這
　　　　　邊，同意這樁婚事，她已經讓瑪麗安在我們兩人之
　　　　　間選擇。

瑪 麗 安：等等，你不知道的是，現在只有母親同意是不夠
　　　　　的；老天爺剛剛給了我一個你見到的哥哥，又再給
　　　　　了我一個爸爸，你還得要讓他們點頭才行。

昂 塞 姆：孩子們，老天爺把我重新給了你們，可不是來和你
　　　　　們的心願唱反調的。阿巴貢老爺，您很清楚，要一
　　　　　位年輕小姐選夫婿，她一定會選兒子而不是父親。
　　　　　算了吧，不要叫我說出沒必要聽到的話來[198]，您就和
　　　　　我一起同意這兩門親事吧。

阿 巴 貢：我必須先看到我的錢箱，才有得商量。

----

198 意即娶瑪麗安這樣年輕的女子爲妻，「您太老了」。

克萊昂特：待會兒您就會看到它安然無恙。

阿　巴　貢：我可沒有錢給我的兒女辦婚事。

昂　塞　姆：那好，我有錢幫他們，您就不必操這個心。

阿　巴　貢：您要負擔這兩場婚禮的全部費用？

昂　塞　姆：好，我來負擔。這樣您滿意了嗎？

阿　巴　貢：滿意，只要您為我做件禮服好穿去參加婚禮。

昂　塞　姆：同意。在這大喜的日子，我們一同去慶祝吧。

警　　　官：喂，諸位先生，喂。請等一下，誰付我錄口供的費用呢？

阿　巴　貢：你記的口供派不上用場了。

警　　　官：沒錯。可是總不能讓我做白工吧。

阿　巴　貢：說到你的酬勞，這兒有一個人[199]，我交給你吊死。

雅克師傅：唉！到底該怎麼辦才好呢？講真話，挨棍子；說謊話，被吊死。

昂　塞　姆：阿巴貢大人，您就原諒他這一回吧。

阿　巴　貢：那麼口供的費用由您來結清？

昂　塞　姆：成。快去看你們的母親，和她分享我們的快樂吧！

阿　巴　貢：我呢，要去看我的寶貝箱子。

劇　終

....

199　1734 年版增補：「（阿巴貢指著雅克師傅。）」。

L'Avare
法國演出史

———— ✣ ————

「在他〔莫理哀〕的劇本喜劇機關背後，突然間，出現了我們
和別人最尖銳的關係，我們人生最祕密的利害關係浮現出來。他
的主角——像我們每一個人——長時間建構了一個保護外殼，突
然，喜劇的事實逮住了一世人生的狼狽。因此，《守財奴》使我們
大笑也使我們揪心，因爲這個自私的怪物，由於金錢給他的力量而
羞辱那些接近他的人，突然間暴露了自己一無所有」。

——Roger Planchon[1]

　　《守財奴》儘管在莫理哀生前不得觀眾青睞，在他謝世後，卻
逐漸找到知音，不僅變成「法蘭西喜劇院」最常演的劇目之一，也
經常是其他劇院爭相製作的劇目，例如 1989 年，巴黎同時推出三
齣重量級的製作[2]。究其原因，《守財奴》的主角刻劃深入，主題普
世，故事亦莊亦諧，在諷諫告諭之際，令觀眾哈哈大笑，誠爲不可
多得的喜劇。或者逆向操作，認「眞」處理劇情，將其隱含的黑影
放大解讀，使悲劇凌駕喜劇，也不是沒有道理。

　　介於喜劇和悲劇之間，本劇有多重詮釋的可能性，守財／理
財、愛情／愛欲、世代衝突／親子關係，以及資本主義市場、老年
問題等，近年屢有新詮，引發矚目。本書「導讀」分析了這齣劇作
的多重面相，透過舞台演出，更可進一步理解作品的深諦。

　　今日欲製作搬演《守財奴》，需考慮幾個基本問題：

　　首先，戲的基調是喜或是悲？

　　其次，劇情結構統不統一？

1　Planchon, "Préface de Roger Planchon", *L'Avare : Comédie 1668*, commentaires et notes par Jacques Morel (Paris, Librairie générale française, «Le livre de poche», 1986), p. 15.
2　分別由歐蒙（Michel Aumont）、布凱（Michel Bouquet）、莫克雷（Jacques Mauclair）掛帥，下文將分析。

　　第三，如何避免主角在舞台上一人獨大？

　　第四，怎麼看待喜劇表演傳統的問題？

　　第一個問題決定演出的大方向，「導讀」已有討論。第二個問題涉及演出結構。20 世紀上半葉，以詮釋阿巴貢聞名的導演杜朗（Charles Dullin）曾經抱怨，許多《守財奴》的演出常淪爲以小氣爲題的系列短劇（sketch），缺乏完整的全戲架構[3]，有時甚至刪除第一幕的前兩景（戀人、兄妹交心），從第三景開演（阿巴貢攆走阿箭），如此一來，劇終的大相認便完全喪失意義[4]。

　　第三個問題和前一個問題密切相關，《守財奴》全劇共 32景，阿巴貢出現 23 景，這不僅是個吃重的角色，說他是唯一的角色也不爲過，其他人物相較之下明顯不夠立體，容易被主角吸走所有目光，造成戲分失衡。擁有許多獨白和旁白可以表露心跡，和觀眾直接溝通，阿巴貢確實是個很搶眼的角色。況且他一上場就氣燄高張，毫無暖機時間，面對不斷回嘴的阿箭，他反應激烈、暴躁，自此以降，甚少有平靜時刻[5]。誠然，首演時上陣演出的莫理哀是個年近花甲的病人，阿巴貢於是也有莫理哀的咳嗽問題，可是這個角色並不是一個瘦骨嶙峋、駝背、咳嗽、遭圍捕、被恐懼所糾纏的可憐老頭[6]；相反地，他能量充沛，在台上跑來跑去，不斷下命令、威脅、破口大罵、大聲叫嚷，完全沒有體虛衰老的徵兆。綜觀全劇，這應該是個時時刻刻處在警戒狀態，頑強抵抗、難以應付的傢伙[7]。

　　至於喜劇表演傳統的問題，主要是針對義大利假面喜劇的「表

3　Maurice Descotes, *Les grands rôles du théâtre de Molière* (Paris, PUF, 1976), p. 135.
4　Charles Dullin, "Présentation", *L'Avare : Comédie 1668, op. cit.*, p. 27.
5　Descotes, *op. cit.*, p. 138.
6　Antoine Adam, *Histoire de la littérature française au XVIIe siècle*, vol. II (Paris, Albin Michel, 1997), p. 780.
7　Jacques Arnavon, *Notes sur l'interprétation de Molière* (Paris, Plon, 1923), p. 248.

演套路」（lazzo）而言，新製作要正面迎擊，或淡化處理？要追求創新，或遵循傳統？對這齣帶著喜鬧色彩的劇本而言，這個問題不容忽視。以上四項基本考量決定了演出的走向。

1. 在悲喜兩極之間擺盪

　　莫理哀視此戲為喜鬧劇，這個觀點維持了百年之久，直到 18 世紀末的名演員葛藍梅士尼（Grandmesnil）才真正開始深鑿「守財奴」性格的幽微處。身材瘦削、雙眉濃黑、眼神靈活，在台上時不時四處打量察看周圍動靜，葛藍梅士尼細緻傳達阿巴貢的多疑個性。與其將阿巴貢看作一名舞台角色，無關真人，他視之為一種性格（caractère），不僅費心修正了一些發展得太過度的笑鬧劇表演橋段，且仔細推敲喜劇動作的動機。例如遺失錢箱的長段獨白，「這裡這麼多人！〔……〕那邊上面出什麼聲音？」，葛藍梅士尼跑到窗邊對著外面（的路人）道出，避免面對現場觀眾直接告白，破壞了表演的真實幻覺。他把這段獨白詮釋得劇力萬鈞，令人動容。

　　葛藍梅士尼之後，守財奴一角的陰暗面逐漸受到重視，直至 19 世紀末勒洛爾（Leloir）確立了典型。他初演此角時正值雙十年華，說話聲調刻意尖銳刻薄，阿巴貢顯得既陰沉又黑暗，其威嚇感足以令人顫抖，在第四幕尾聲發現巨款被盜走的獨白中，他完全採悲劇語調，捨棄淡化悲劇氣息的喜劇手勢和動作，絕望的氛圍讓人完全笑不出來，獨白最終提到將上吊自殺，遂使觀眾感覺無比悲悽[8]。勒洛爾可信的舞台詮釋造成轟動，不過仍未全然建立起新傳統。

8　Descotes, *op. cit.*, pp. 144-45.

圖 1　葛藍梅士尼在第四幕尾聲的獨白。（J.-B. F. Desoria 繪）

　　同時代的喜劇明星小柯克蘭（Ernest Coquelin）批評勒洛爾的
表演為一大謬誤。小柯克蘭強調主角的激動性情，他主張阿巴貢
被一個執念所折磨——愛黃金愛到歇斯底里，本質上是個滑稽的
人，他在舞台上飛快追著錢箱跑，製造了許多笑料。小柯克蘭將阿
巴貢一角演得活靈活現，充滿趣味，特別是丟錢獨白一景，他主張
越好笑越好，雖有過火之嫌，卻深獲觀眾青睞[9]。阿巴貢的詮釋自此
徘徊在悲喜兩極之間，各有其擁護者。

9　*Ibid.*, pp. 145-46.

2. 守財奴杜朗

到了 20 世紀逐漸邁向「導演的時代」，大導演柯波（Jacques Copeau）對莫理哀情有獨鍾，視之為「全民劇場」（le théâtre populaire）運動[10]的利器，影響所及，當時的風雲導演儒偉（Louis Jouvet）、巴提（Gaston Baty）、杜朗無不執導莫劇，且親自粉墨登場。不過說到《守財奴》的表演，當以杜朗成就最大，多次重演，成為他畢生的招牌戲碼之一。簡言之，杜朗視全劇為一有機整體，內容有鬧劇也有悲劇成分，每個角色同等重要，雖是類型人物但各有個性，表演上既顧及傳統也講求真實[11]。1922年的首演版雖悲喜交加但笑聲盈耳，舞台上只有掛毯、椅子、分枝吊燈和小道具[12]，布置畫龍點睛。

杜朗真正傳世的版本是 1940-1941 年的全新製作，一直演到他過世前才封箱。舞台具現一座 17 世紀中產階級宅第（J.-A. Bonnard 設計），由街道（在舞台鏡框位置）、客廳和花園三部分構成。杜朗強調花園的重要性：這是阿巴貢藏錢所在，他不時跑去察看，側耳傾聽，一顆心為之七上八下，而且他是在花園中大喊：「抓賊！抓賊！」[13]。好玩的是，杜朗主演的阿巴貢在和其他人對話周旋時也不忘豎著耳朵注意花園裡的動靜，一心二用，不得安寧[14]。花園的另一頭則是宅第的大門，厚重且設有窺視孔、重鎖，給人不善的感覺[15]。

---

10 以「國立人民劇場」（le Théâtre National Populaire）總監尚·維拉（Jean Vilar）的話說明：戲劇——廣義的文化——與水、電、瓦斯等公共設施一般，為一日不可或缺之民生必需品，故必須公立化與普及化，以大眾化的價格，提供高品質的演出，達成全面提升人民文化水平的終極目標，參閱楊莉莉，《向不可能挑戰：法國戲劇導演安端·維德志 1970 年代》（台北，台北藝術大學／遠流，2012），頁 53-55。
11 H. G., "Au Théâtre du Vieux-Colombier : *L'Avare* de Molière ; *L'Echange* de Paul Claudel ; *Le testament du Père Leleu* de Roger Martin du Gard, etc... ", *La nouvelle revue française*, mai 1914.
12 Noël Peacock, *Molière sous les feux de la rampe* (Paris, Hermann, 2012), p. 108.
13 Dullin, *op. cit.*, p. 30.
14 *Ibid.*, p. 34.
15 *Ibid.*, p. 30.

圖 2　杜朗最後抱起他心愛的錢箱。（A. Zucca）

　　杜朗詮釋守財奴成功的關鍵，在於細心揣摩阿巴貢面對不同角
色的不同反應：他對待兒女自私自利；面對下人疑神疑鬼、嚴厲異
常；看到瓦萊爾和弗西娜卻顯天眞、易受騙；在意中人瑪麗安面前
則暴露荒唐的追求者面目。這一切反應使觀眾見識到主角的侵略性
（經常出於無謂的動機）、不同程度的僞善、天眞的狡猾、怪誕的
虛榮、譏誚的自私，爲人刻薄到令人嗤之以鼻 [16]。

　　以嗇爲演出的重心，杜朗視愛情故事爲背景，他藉此凸顯兩
對戀人的青春和清新，使阿巴貢在整體黑暗的氛圍中得以跳脫出
來 [17]。基於此，他對年輕角色採同情的態度，瓦萊爾行事儘管有達

16 *Ibid.*, p. 34.
17 *Ibid.*, p. 33.

杜夫的跡象，但這個角色的重點訴求爲多情的形象，他愛的是艾莉絲而非阿巴貢的家產；克萊昂特不僅是位「優雅、輕柔、可愛」的年輕人，且有足夠的膽識與父親抗衡[18]。早年演此劇時，杜朗毫不遲疑地當成喜劇處理，隨著年紀漸長而往悲劇傾斜，他越來越認同阿巴貢。到了生命的最後一年（1949），在死前五個星期，杜朗在台上演到精神恍惚，觀眾見了莫不心驚，可見他入戲之深[19]。

3. 一個討人喜歡的主題

杜朗之後，廣受歡迎的《守財奴》舞台演出由尚‧維拉（Jean Vilar）於 1952 年執導，維拉親飾男主角，先後在夏佑劇院（le Théâtre de Chaillot）和亞維儂劇展登台，其毫無陰影的喜劇氛圍頗令人驚訝，甚至於引發劇評不滿。一反 18 世紀以來正視《守財奴》悲劇層面的慣例，維拉反駁道：本劇不是個吝嗇鬼的可怕故事，而是個討喜的（agréable）主題，一如義大利喜劇，比較是一種「娛樂」（divertissement），不是悲劇，也不是喜劇。

在維拉眼中，阿巴貢是位富有的中產階級，有遠見，會騙人，具威嚴，人雖小氣但幽默，且沉浸在愛河之中[20]。他擔綱的阿巴貢一身老式黑衣黑褲，脖子圍著輪狀皺領，戴頂小帽子，看來甚至有點可愛，不會太難搞。棒打廚子不過是做做樣子，和兒子爭吵時也稱不上蠻橫惡劣。師從杜朗，維拉一心想保留急躁不安、東奔西跑的表演設定；然而杜朗雖在台上彎腰駝背，動作卻很靈活，而維拉身材高瘦，在台上刻意放鬆，看來卻像是一具衰弱的傀儡，喪失了角色豐厚的人性[21]。其他年輕角色衣著光鮮，設計重用線條，

---

18 *Ibid.*, p. 36.
19 11 月 9 日在 Aix-en-Provence，Peacock, *op. cit.*, pp. 110-11。
20 *Ibid.*, p. 123.
21 Descotes, *op. cit.*, p. 149.

圖 3　維拉扮演的阿巴貢。（A. Zucca）

艾莉絲和瑪麗安頭上還插著羽毛，配樂輕鬆愉快，觀眾大樂。除了維拉以外，名演員索哈諾（Daniel Sorano）扮演的阿箭說詞格外俐落，動作靈活，博得滿堂彩。

　　這齣戲沿用維拉最珍視的露天野台（tréteau）裝置，上面簡單擺設桌、椅、凳子，後有屏風，在「瑪黑劇展」（le Festival du Marais）公演（1966），背景就利用羅安宅邸（l'Hôtel de Rohan）壯觀的門面作為阿巴貢的住所，舞台四面甚至有四棵樹，台下的空間可代表花園或街道，也可化做追逐或動作戲的場面。視覺上，室內室外空間不易辨別。

　　當維拉重演此劇時（1962），他從善如流，在鬧劇和心理分析間取得平衡，阿巴貢看來可笑又隱約令人不安，既專制又帶著

喜感，活脫是個可悲又令人失笑的小氣財神。右派劇評者高提耶
（Jean-Jacques Gautier）不吝讚美：這齣《守財奴》是他歷來見到
最好的表演版本[22]。就演技而論，維拉個人的喜劇詮釋雖令人驚訝
但不搶戲，其他演員各有表現的空間，戀人英俊美麗，下人個個可
愛，表演水平整齊，特別是在劇展的節慶氛圍中展演，均促使這齣
製作大受歡迎。

4. 一齣演了廿年的《守財奴》

在維拉之後，最轟動的《守財奴》為 1969 年由法蘭西喜劇院
製作，胡西庸（Jean-Paul Roussillon）執導，34 歲的歐蒙（Michel
Aumont）領銜[23]，全場表演陰鬱、低調，瀰漫悲劇的低壓氣息，劇
評齊聲攻擊，力道之大，連胡西庸也始料未及。更令人想不到的
是，這個版本卻一演就演了廿年[24]。到了 1989 年第 N 次推出時，所
有評論齊聲讚美，知名劇評人馬卡布（Pierre Marcabru）題為「完
美本身」（"La perfection même"）[25]，意即男主角、所有卡司以及舞
台場面調度無一不盡善盡美，道出了巴黎輿論的共同心聲。時評
一片頌揚，其實演出本身除了男主角較接近阿巴貢的耳順之年，其
他細節並未更動太多。初面世時負評如潮，演出廿年後變成讚譽有
加，足證此劇的悲喜本質其實難以斷定。

....

22 *Le Figaro*, 30 mars 1962, cité par Peacock, *op. cit.*, p. 124。這個版本如今留下來的影像紀
錄是在「瑪黑劇展」的演出，看來仍是喜劇氛圍濃厚，維拉在丟錢的獨白中雖有感人
的片刻（慌張、虛弱、絕望、昏倒），但道出最後一句台詞「我等下就上吊」仍帶喜
劇意味。
23 他早在 28 歲時即主演此劇，由莫克雷執導，充滿鬧劇噱頭和幻想，見 Marie-France
Hilgar, "1989 *L'Avare* à la Comédie-Française", *Onze mises en scène parisiennes du théâtre
de Molière : 1989-1994* (Paris, Papers on French Seventeenth Century Literature, 1997), p.
13。舞台與服裝設計 Savignac，1973 年錄影演出的卡司：Isabelle Adjani (Mariane),
Louis Arbessier (Anselme), Jean-Claude Arnaud (Maître Jacques), René Arrieu (Le
Commissaire), Simon Eine (Valère), Francis Huster (Cléante), Marco-Behar (Maître Simon),
Ludmila Mikaël (Elise), Jean-Paul Roussillon (La Flèche), Rosy Varte (Frosine)。
24 直到千禧年才出現新製作，見下文第 6 節「超現實的新詮」。
25 *Le Figaro*, 19 avril 1989.

　　演而優則導，胡西庸導戲以精確的演技著稱。他認爲本劇人物塑造不是詼諧的諷刺（caricature），而是有血有肉的人；阿巴貢不只是個吝嗇鬼，他渴望愛情，因得不到而痛苦，荒謬之際因此讓人覺得感動。此外，父子衝突是另一重頭戲[26]。將吝嗇成性作爲表演動機，歐蒙強調主角對錢的病態執念。他表示，阿巴貢總是和其他人發生爭執，造成自己被孤立的局面，他的身邊是荒漠一片，他的世界早就質變，劇情進展暴露了家庭危機，直到劇終，一家之主被完全的孤獨和寂寞所包圍，身邊相伴的只有他的錢[27]。

　　撒維納克（Pierre Savignac）設計了一個 17 世紀宅第陳舊的門廳，一座大樓梯占據著舞台中央偏左處，室內有好幾扇門分別通向花園、廚房及內室，灰褐及暗紅褪色的牆面上沒有丁點裝飾，舞台右側有一巨型堅固的大門，其兩側有大窗戶，可透過玻璃看見角色進出場。樓梯是視覺焦點，演員不時上上下下，樓梯間成爲隱匿偷聽的好所在，增加了劇情場面的張力。

　　開場爲清晨，天剛濛濛亮，沒穿外套的瓦萊爾和長髮披散、穿著睡袍的艾莉絲在樓梯前互訴衷曲，克蘿德太太替他們把風，瓦萊爾不時看向樓梯，深怕阿巴貢會突然現身，睡眼惺忪的僕人陸續進門幹活，這對情人無法安心說話。第二場的兄妹對話也是如此，僕人忙著拆卸窗上的遮陽板，兄妹講話必須偷偷摸摸，隔牆似乎有耳。室內格局儉省、森嚴，面黃肌瘦的僕人穿著髒舊的制服，這一切都帶給觀眾沉重的不快感。阿巴貢在克萊昂特最後一段台詞「我聽見他的聲音了〔……〕」之前上場（這時兄妹剛好轉到樓梯下密語），他走下樓梯，準備去花園察看藏錢所在，傭人卻正好進來打掃，他只得佯裝無事，模樣讓人忍俊不禁。

----

26 Pierre Julien, "*L'Avare* au Français : C'est le père Harpagon contesté par ses enfants", entretien avec Jean-Paul Roussillon, *L'aurore*, 13 septembre 1969.
27 Armelle Héliot, "Michel Aumont, Harpagon, vingt ans après", *Le quotidien de Paris*, 10 juin 1989.

　　服裝設計除媒人一角外，均採用帶褐或灰色的衣料，如褐紅、暗灰、黑褐、土黃、灰藍等。阿巴貢戴褐色帽子、圍輪狀皺領、穿著老式的土褐色背心和長褲，並未刻意畫老妝，卻全身散發出老氣。視覺整體設計為老舊、沉重、沒有活力的單調感。燈光設計亦然，從開場到閉幕呈現一天的光影變化，情節轉劇的第四幕已然日落，第一景僕人降下門廳的枝型燈架，準備點蠟燭，但一直到第五幕開場才升上燈架。因此，第四幕極黝暗，到尾聲阿巴貢遭竊，映照在後牆上的身影不停晃動，他一時之間誤以為看到「另一個自我」（alter ego），甚至開始和「它」對話，令人感動。

　　胡西庸視《守財奴》為悲劇，原作的喜劇行動套數全部以一般劇情動作處理，例如當阿箭朗讀債主提出的貸款條件時，克萊昂特雖然表達憤怒，但沒有其他肢體表演動作；又如克萊昂特借花獻佛，強摘父親手上戴的鑽戒送給瑪麗安，也只是完成戲劇動作，而沒有任何喜劇表演噱頭。

　　歐蒙擔綱的男主角神經緊繃，個性激烈，所有人都怕他，家中瀰漫一股彼此戒備的氣息。扮相老氣，但歐蒙不刻意表現老態，只是說話常粗聲粗氣，只有看到瑪麗安才露出笑容，又因為緊張而頻頻詞窮，再加上一副大圓黑框眼鏡，模樣看起來更加可笑，尋找生命第二春的計畫因之受挫。全戲展演他因唯利是圖致使人際關係崩毀。終場，昂塞姆領著兒女媳婿快樂地步出大門，他們在室外從大窗戶窺看獨留家中的阿巴貢，這時瑪麗安和克萊昂特再度進屋，瑪麗安褪下鑽戒還給阿巴貢，克萊昂特遞出錢箱，一對愛侶緩步離去。夜已深，室內趨近黑暗，阿巴貢一手拎著錢箱，一手拿著鑽戒，低下頭，一個人緩緩地走上樓，形同和錢箱結了婚。

圖 4　歐蒙主演的阿巴貢。（Studio Lipnitzki）

　　其他角色方面，最突出的要屬克萊昂特，由英俊的于斯特（Francis Huster）擔綱，演繹浪漫、理想化的情人，屢屢和無法溝通的父親爆發爭執，吵到激動難平、氣喘吁吁。瓦萊爾冷靜但有心機，人前人後兩張臉，令人起戒心。女性角色則較富人情味，艾莉絲由知名的米卡愛兒（Ludmila Mikaël）擔綱，雖勇於反抗父命但本性溫柔，尾聲阿巴貢頹敗沮喪，她還輕拍父親的肩膀給予安慰；伊莎貝兒艾珍妮（Isabelle Adjani）扮演的瑪麗安清新、美麗、真誠。

　　全戲最富喜氣的場面是媒人到訪，弗西娜身材豐滿，身著桃色、鑲珠子的亮眼戲服，為人圓滑，極通世故，很受好評。一群下人則全無喜感，一臉吃不飽的樣子，走路拖地，動作毫無元氣，對

主人沒好氣，對管家不服氣，如雅克對瓦萊爾根本是看不順眼，
完全沒有好臉色。胡西庸自己主演阿箭一角，因年紀比克萊昂特
大，表現較成熟。儘管演出仍不乏喜劇成分，胡西庸的處理基本上
是把一齣喜劇推向一齣中產階級的悲劇。

5. 一位成功的企業家

　　由於主角的戲分吃重，《守財奴》演出經常爆發導演和明星
主角的解讀權角力戰。以兩度執導《達杜夫》（1962、1973）出
名的七〇年代大導演普朗松（Roger Planchon）為例，1986 年他在
「國立人民劇院」（le Théâtre National Populaire, Villeurbanne）
推出由影視明星塞侯（Michel Serrault）掛帥的《守財奴》，塞侯
層次細膩的演技得到一致好評，事實上他本人並不認同普朗松的悲
劇解讀，特別無法接受阿巴貢是當真愛上瑪麗安這個觀點[28]。雖然
如此，塞侯仍然賣力演出，造成轟動，這齣大戲榮獲當年外省最佳
演出獎[29]，實為眾望所歸。

　　然而，不愉快的合作經驗使兩人後來各自發展出新的表演
版本：普朗松在 1999 年受邀到柏林「世界劇場劇展」（Festival
Theater der Welt）表演一齣法國古典戲劇，他重新製作此劇，並
親自主演阿巴貢[30]，全戲表演極富聲色之娛，非常好看，普朗松個
人演技功力則見仁見智；塞侯 2007 年在大銀幕上自導自演《守財

---

28 Michel Bataillon, *Un défi en province : Planchon chronique d'une aventure théâtrale 1972-
1986*, vol. II (Paris, Marval, 2005), p. 130.
29 Prix Georges-Lerminier du Syndicat de la Critique dramatique.
30 舞台設計 Thierry Leproust，燈光設計 André Dio，音樂設計 Jean-Pierre Fouquey，服裝
設計 Emmanuel Peduzzi, Jacques Schmidt，演員：Anémone (Frosine), Elisabetta Arosio
(Dame Claude), Denis Benoliel (Anselme/Maître Simon), Farouk Bermouga (Cléante),
Thomas Cousseau (Valère), Paolo Graziosi (Maître Jacques), Jean-Christophe Hembert
(Brindavoine), Claude Lévêque (La Flèche), Roger Planchon (Harpagon), Alexia Portal
(Mariane), Véronique Sacri (Elise), Robert Sireygeol et Frédéric Sorba (La Merluche/Le
Commissaire)。

奴》[31]，則證明了一流演員仍需一流導演提點方能使其長才得到最好的發揮。

5.1 舞台表演劇本電影化

不同於 1986 年版的悲劇方向，普朗松 1999 年版正視劇本的四個層面——鬧劇、（年輕戀人）絕對的愛情、家庭悲劇以及童話故事[32]，四個層面都有發揮。演出主旨則強調老年問題，導演從一個企業家晚年計劃展開新人生的觀點切入，男主角因此整頓家中人口，急著安排兒女婚嫁，個人詮釋聚焦在一個因上了年紀而無法，甚至於不配享有愛情的老人身上。

在這個過程中衝突叢生，然而推動情節的主要力量並不是吝嗇[33]。在普朗松看來，《守財奴》的故事是「一個有錢人——銀行家、放高利貸者、巨商——事業十分成功，卻可悲地敗在重新展開人生的計畫上」[34]，意即敗在尋找人生第二春。開演前，舞台前端中央放置一個邱比特的小雕像，他的弓箭瞄準擺在一旁的錢箱，明白點出《守財奴》為一齣「愛情與金錢的喜劇」[35]。

普朗松主演的阿巴貢不再住在寒酸或頹敗的房子裡，勒普魯斯特（Thierry Leproust）設計的舞台為一座古典豪宅，一樓是空台，前二幕戲主要在此上演，後方的半樓為帳房和書記工作的背景；第三幕，半樓空間全部拉出，成為接見瑪麗安的典雅沙龍，布置大方；第四幕變成破落的倉儲空間，阿巴貢在此悲嘆錢財被偷，最後一幕則幻化為想像的空間。五幕戲用了五個景，視覺觀感豐富。

---

31 Christian de Chalonge et Michel Serrault, *L'Avare*, Paris, France Télévisions Distribution, 2006.
32 Michel Bataillon, "La comédie d'amour et d'argent", Programme de *L'Avare*, Odéon-Théâtre de l'Europe, 2001.
33 Planchon, *op. cit.*, p. 9.
34 *Ibid.*, p.10.
35 Bataillon, "La comédie d'amour et d'argent", *op. cit.*

圖 5　普朗松主演的《守財奴》海報。
（Odéon-Théâtre de l'Europe）

　　爲了塑造出一個「大企業家阿巴貢」的形象，戲劇顧問巴塔洋（Michel Bataillon）在劇本上大動手腳，轉化原劇本爲電影腳本[36]，不僅調動場景順序，且將部分場景的內容打散，重新剪接對白，分次呈現，看戲變得像在看電影。例如第一幕一至三景中間加進著睡衣的阿巴貢咳嗽穿越舞台的動作，瓦萊爾和艾莉絲的對話被拆開，分段插入後續表演中，避免兩人的戀情消失在中段劇情裡。一幕三景之後，跳演二幕二景阿巴貢詢問西蒙老闆欲貸款者的家世，阿箭在一旁對克萊昂特唸出舊貨清單，此時半樓上有兩、三位祕書忙著記帳，幾名僕人抬起一堆又一堆的舊物穿越後方，具體呈現這批古怪的貨品，觀眾大開眼界。還沒演到父子衝突，媒人就先登門造訪，巧遇阿箭，接回一幕四景與五景，阿巴貢安排三樁婚事、瓦萊爾調解父女爭執。

----

36 原有拍電影計畫，後未能實現。

　　經此蒙太奇手段，先行建立阿巴貢的大企業家形象，然後才進入安排婚事的劇情。瑪麗安來訪之前，舞台後方經常出現伏案工作的帳房、祕書，他們宛如從林布蘭畫作中走出來[37]，頭戴寬邊羽帽，身穿白色大翻領的全黑歷史服裝，外表氣派，阿巴貢不再是個放高利貸、見不得人的卑鄙老頭，而是一位卓然有成、人人爭相交往的企業家。

5.2 從渴望到吝嗇

　　普朗松對劇本的新解，最具啓發性的是未被劇名牽著鼻子走，想當然耳先行認定阿巴貢爲鐵公雞，而是摒除一切偏見，深入解析劇情，結果發現主角是小氣沒錯，但到了劇終，這個習性反變成一種心理補償作用，成爲他失去意中人後的一種安慰。演到終場，舞台響起小提琴幽怨的樂聲，瑪麗安去而復返，略猶疑，但仍脫下戒指還給坐在地上的阿巴貢，他想送她但後來還是收下。最後他單獨被留下，輕拍錢箱，如同在安撫一個嬰孩，幕降。

　　普朗松指出，《守財奴》多次開主角身體的玩笑，特別是在二幕五景媒人上門時，她的阿諛之詞諸如「您的身體真硬朗！看您的氣色多好」、「您的臉色這麼朝氣蓬勃，這麼精力充沛」、「您的體格可以活到百歲」、「您這樣的體格才叫好。這才像個男子漢」、「這樣的體格〔……〕才教人傾心」、「您光采煥發，讓人陶醉，相貌堂堂可以入畫」、「您咳嗽起來別有韻味」等等，看似重複再三，其實暴露了阿巴貢渴求被愛的欲望。到最後，失去愛情，熱切渴望／貪婪（l'avide）才變成吝嗇；言下之意，吝嗇和渴望不過是一體兩面，但這是劇情發展的終局而非出發點[38]。

　　也因此，演出特別加演了一個阿巴貢坐在澡盆沐浴的畫面，冰

---

37 如《布商公會理事》（*Les syndics de la guilde des drapiers*, 1662）中的理事。
38 Planchon, *op. cit.*, pp. 10-11.

冷的白色光線直直灑下，他因即將再婚而心情絕佳，可是鬆弛、
衰敗、無力的肉體卻令人不忍直視。從劇首精力十足、自信有餘
的企業家，逐漸變成劇終被擊敗的衰落老頭，普朗松時而嚴肅、
冷酷、不盡人情，時而輕鬆、搞笑、讓人意想不到。例如父子吵
架，儼然兩個孩子口角，他高聲詛咒兒子，卻比了一個孩子氣的手
勢，觀眾哄堂大笑，同時也就削弱了老父詛咒兒子的可怕意義。

　　這次製作從老人視角出發，對年輕世代的角色頗不友善：克萊
昂特對老父說謊，偷他的錢，且已花用母親留下的遺產；瓦萊爾
和達杜夫沒兩樣，這兩人均贏得主人的信任，只不過達杜夫欲偷
女主人，瓦萊爾則是偷主人的女兒；艾莉絲欺瞞父親，私訂終身，
且面對哥哥也未吐實；而瑪麗安則甘願以自己的肉體交換財富[39]。
說得更明確一點，普朗松視《守財奴》為「一個有錢人的宅第被一
群流氓無賴入侵」，房子是從裡面出現裂縫，劇中對話全建立在權
力、謊言和欺騙的基礎上[40]。唯一說實話的廚子則挨了一頓好打。

5.3 魔法師的學徒

　　標榜舞台場面調度為「表演書寫」（écriture scénique），普
朗松擅長加入劇本未寫的視覺影像。如為迎接瑪麗安到訪，觀眾在
輕快的樂聲中瞥見克萊昂特和艾莉絲打扮自己、阿巴貢入浴、克萊
昂特訂點心、數名樂手為樂器調音等畫面，一閃即過，但使人看到
阿巴貢一家人如何準備接待瑪麗安，可見此事之重要。

　　普朗松的場面調度變化多，帶給觀眾一波又一波的驚喜。最大
的意想不到出現在最後一幕，當瓦萊爾提及幼時遭遇海難，響起
雄壯激昂的音樂，一艘古帆船從空而降，半樓上重演當年事發經
過，連瓦萊爾和瑪麗安的母親也抱著孩子現身，和海盜周旋，槍砲

---

39 *Ibid.*, pp.11-12.
40 *Ibid.*, p. 12.

聲四起，煙霧瀰漫，瑪麗安則爬上船舷回憶過往。如此大手筆的場面雖有譁眾取寵之嫌，卻幽默地強化了令人難以置信的戲劇化結局，也使觀眾感受到其巨大張力，成為演出真正的高潮[41]。

更重要的是，一如昂塞姆再三稱頌老天爺之「神通廣大」，天意使他與兒女重逢，普朗松則視此奇蹟為上天刻意挫敗阿巴貢的舉動。因為第五幕雖有警官在場，但實際上幾乎全由阿巴貢問案，後者不僅喚來大批法警，普朗松還特別在半樓高處具現廚子和瓦萊爾被綁在刑具上問供，一切看似都在阿巴貢的掌控下。他的種種安排與算計到了天降古帆船達到魔幻高潮，這時他卻無法善後，猶如一位半吊子的魔法師，乘機搗蛋，卻沒本事收拾殘局。他這才意識到自己已被世界排除在外，上了年紀的他已不再擁有宰制人的權力[42]，到頭來他其實是一無所有。

普朗松 1999 年版的《守財奴》全新製作雖穿古裝，卻從現代視角重新考慮男主角在今日社會可能的地位和將碰到的問題，一個過去的世界於焉浮現在台上，別具深諦。演出美中不足處是大手筆的場面調度有點壓過了演員的表現，導演的聲音大過於劇作家的語言。不過，對一部家喻戶曉的作品而言實無可厚非。

6. 超現實的新詮

相對於其他莫劇從上個世紀末開始見到各色新奇演繹，《守財奴》則不然，古色古香的場面依然是主流，幾已成為陳規，這點或因劇情夠普世化，且台詞明白提到 17 世紀的寫實背景（服飾、飲食、馬車、一群下人等），真正有意思的現代化舞台詮釋並

---

41 而非反高潮。
42 Planchon, *op. cit.*, p. 14。第三幕結尾，他眼看著要娶瑪麗安進門，卻突然被下人撞倒在地，這個突兀的意外預示最後他將被打敗的結局，*ibid.*。

不常見。千禧年，法蘭西喜劇院邀請知名的羅馬尼亞導演塞爾邦（Andrei Serban）以「新目光」[43] 執導本劇，希望能藉此突破僵化的演出模式。塞爾邦也不負眾望，推出了令人耳目一新的《守財奴》，完全超出觀眾預期，幾乎每一景都使人驚喜，看來摩登又能顧及鬧劇表演噱頭，加以翻新，看完令人不由得叫好。

塞爾邦視此劇為一齣悲喜劇，既非充滿噱頭的鬧劇，也不是一齣社會劇，而是混合原始鬧劇和精細心理分析的作品，一如伍迪・艾倫（Woody Allen）的電影。他認為《守財奴》其實滿載苦澀，教人絕望，劇情缺乏一股向上提升的道德力量，全劇看不見任何理想，所有角色均被錢的力量所左右、腐化，可是到了終場，又要讓觀眾覺得快樂[44]，挑戰著實不小。塞爾邦對劇本的解讀很悲觀，卻以喜鬧手法處理，結果類似黑色喜劇，反諷作用強。

6.1 心中焦慮具象化

由班庫（Marielle Bancou）設計的表演空間本質上是個空台[45]，由三面灰色高牆包圍，中央插入一高大的綠花色景片（示意花園），牆面的「踢腳」塗上略褪的金箔色，每道牆上都開有隱門，角色經常躲在門後偷窺。換景時，班庫經常推入呈凹凸狀、形同屏風的短景片以界定個別場景的空間，有的屏風顏色和房間的牆面一致，形成一體觀感，有的用色鮮豔，如橘紅、寶藍、絡黃、鮮紅等，喜劇氣息倍增。演員不時進出屏風間，或從數扇門中出出入入，場上動態十足。

---

43 一如《世界報》（Le monde）的劇評所言，「新目光」老早就已啟動，遠從儒偉、普朗松、拉薩爾（Jacques Lassalle）、維德志（Antoine Vitez）以降，Michel Cournot, "Un *Avare* poignant et magnifiquement drôle à la Comédie-Française", 31 mars 2000；維德志的新詮，見楊莉莉，前引書，第五章。

44 Marion Thébaud, "Harpagon, affreux, riche et méchant", *Le Figaro*, 2 mars 2000.

45 舞台與服裝設計 Marielle Bancou，演員：Roland Bertin (Anselme), Malik Faraoun (Maître Simon/Le Commissaire), Eric Génovèse (Cléante), Gérard Giroudon (Harpagon), Muriel Mayette (Frosine), Alexandre Pavloff (La Flèche), Bruno Raffaelli (Maître Jacques), Eric Ruf (Valère), Céline Samie (Mariane), Florence Viala (Elise)。

不僅如此，第一幕，凡說到和金錢相關的台詞，從屏風隱洞中會突然伸出十來隻戴黑色長手套的手不停做出抓取的動作，或者阿巴貢焦慮作祟時，會跑去開一扇又一扇的房門以窺探外面的動靜，此時門外露出放大的紅色眼睛簡圖，像是有人睜著大眼睛在窺伺他。阿巴貢的隱憂被具體放大，視覺設計洋溢超現實氣氛，觀感走「裝飾藝術」（art déco）風，看似現代，其實是超越時空的設計。

角色造型亦然，演員不僅穿現代服裝，且大量從電影明星借鏡。一些角色的造型範本顯而易見，如瑪麗安滿頭金髮、一身緊裹軀體的黑色禮服，舉手投足仿電影巨星瑪麗蓮夢露；戴墨鏡的西蒙老板仿電影的黑道大哥；媒人弗西娜身材曼妙，著白底黑紋的性感洋裝、同花色皮鞋，雖貪婪卻也講人情，令人聯想「慈母型老鴇」（mère-maquerelle）。

一如塞爾邦所言，劇中主要角色不分老少均貪得無饜，心懷惡意：瑪麗安精於計算，作花花公子裝扮的克萊昂特實為小偷，瓦萊爾是偽君子，而一般認為和鄙吝成性的阿巴貢恰成反比的昂塞姆也非天性仁慈慷慨；他當年從海難中單獨全身而退，想必是搶先搭上救生船，棄妻小於不顧[46]。全戲只有一群下人可愛，特別是雅克。

6.2 動作化的表演

這齣新製作令人讚賞處不只在於新鮮的視覺觀感，還有充沛的表演能量，演員活用義大利假面喜劇表演套數，且所有動作均緊扣文本而發，更顯出色。儘管不免簡化含意，或甚至於扭曲戲劇情境，不過因為這是齣觀眾耳熟能詳的經典，大家較能抱著輕鬆的態度看戲。

....

[46] Thébaud, *op. cit.*

　　例如開場瓦萊爾安撫心焦的艾莉絲，台詞仿 17 世紀流行的英雄浪漫小說風，文詞矯揉造作，聽來老調，往往令觀眾不耐，塞爾邦則採現代眼光解析：這一對戀人均著內衣登場，立在三架灰撲撲的屏風前，兩人忘情地愛撫，直接的動作和文藝腔的莊重台詞形成顯眼的對照。兩人隨之穿外衣，一邊商量對策，穿梭於屏風間，四處張望害怕被人撞見，同時不忘互相擁抱。爲了安撫艾莉絲，瓦萊爾抱起她，因後者一緊張即跳到情人身上。阿巴貢的咳嗽聲傳入台上後，兩人反應更快，動作更緊急，或坐，或臥，或跑，每句台詞都有動作註解，眼睛、臉部表情豐富，表演生動異常，舞台詮釋自成一動作套路系統，和台詞並轡而行。

　　常見的演繹往往把艾莉絲塑造成愁眉不展貌，由薇阿拉（Florence Viala）扮演的艾莉絲反應隨著台詞瞬變，擺盪在愛戀與驚懼兩極之間，但快樂多過於擔憂。而在下一景，艾莉絲探問哥哥的情事，原劇中瓦萊爾應不在場，在此戲中，他則隱身在屏風之後偷聽，當艾莉絲暗示自己的戀情時，趁哥哥不注意，和瓦萊爾偷偷相吻，很活潑地透露了這位冒牌管家的爲人。全戲開場不同凡響，後續演出也令人叫絕，觀眾莫不看得津津有味。

　　塞爾邦版演出的台詞充分動作化，在打鬧場景中更翻新俗套。如三幕二景，瓦萊爾取笑雅克好心沒好報，原劇註明兩人先後抄起棍子威脅對方。在這次演出中，兩人則是圍繞一架藍色短屏風快跑，先是雅克拿起棍子追瓦萊爾，兩人越跑越快，簡直分不出到底是誰在追誰，後來棍子巧妙落入瓦萊爾手中，老雅克還沒搞清楚狀況，就被瓦萊爾乘機修理了一番。這樣有趣的舞台場面調度貫穿全場，帶給觀眾許多驚喜，老哏迸發出新意。可惜，觀眾發笑是因先看到動作而非聽到台詞[47]，肢體動作壓過台詞的力量。

---

47 Peacock, *op. cit.*, p. 231.

圖6　阿巴貢對未來婚姻十分期待，全然未注意到後方兒女的反應。（P. Victor）

　　另一個台詞充分動作化的後遺症是次要角色扁平化，不過這應是演出的選擇。例如作性感女神打扮的瑪麗安一聽到「錢」字就眼睛發亮，角色性格毫無曖昧空間，再加上為了利益而搔首弄姿的熟練模樣，使人看穿她的虛情假意。瑪麗安愛上老頭的錢又捨不得帥兒子，大方地伸出一隻手給前者親吻，另一隻手則忙著愛撫坐著的兒子。而最後上場的昂塞姆金背心搭配金絲圍巾，立在金碧輝煌的景片前，一手捧花要獻給原定的未婚妻艾莉絲，另一手大灑金幣，含意也是一目了然。無怪乎英國劇評要說這齣製作洋溢喜劇充沛的情感，勝過細膩的詮釋[48]。

6.3 吃金幣的吝嗇鬼

　　由吉盧頓（Gérard Giroudon）擔綱的阿巴貢穿著老式吊帶西裝，望之儼然，外貌不像特別儉省，但他住在家徒四壁的房中，且

---

48 Francis King, *The Sunday Telegraph, ibid.*

每次提到要花錢，就令他激動不已。在愛情戲方面，最特別的是瑪麗安堪稱性感尤物，初見面，阿巴貢雖讚美她為夜空中最美的一顆星星，高潔無比，雙手卻忍不住撫摸對方的身軀，洩露了對青春肉體的渴求。到了尾聲，兒子要他在錢箱和美人之間做抉擇，他雖選了錢，雙手卻緊摟住瑪麗安不願放，可笑又可悲。

　　面對其他角色，吉盧頓則不僅有距離感且展現權威，所以瓦萊爾在他面前畢恭畢敬，不敢造次；面對有求於他的媒人，他奮力擺脫對方的糾纏，無情地任後者摔倒在地上被拖行；女兒見到他，永遠站得遠遠的。最缺乏人性表現的是和兒子吵架，兩人互相抓住對方的頭，欲置對方於死地。

　　在眾所期待的長篇獨白中，吉盧頓的表現可圈可點。他先是從舞台地板的陷阱洞冒出頭來，吃驚、傷心到說不出話來，白襯衫的扣子全開，披頭散髮。他爬出地洞，慌張地跑去打開房間的每一扇門，看看小偷是否藏在門後，結果露出的是一隻又一隻的紅色大眼睛。當他跑到最左邊的門，牆上再度冒出十幾隻黑手，他慌忙中抓到一隻，結果發現居然是自己的手！

　　「一切全泡湯了，我活著沒有意義了」，他倒栽蔥掉進另一個小地洞中，如同遭到活埋，接著又奮起，跳出地洞，一扇又一扇用力關上家中的門，要警官、法官、推事等人全來相助，宣稱「我要把所有人都吊死」。最後站上一把黑椅子，喘著氣說：「要是找不回我的錢，我等下就上吊」，人甚至有點發抖。以動作外現阿巴貢心中的焦慮，為主角的詮釋加分。

　　結局更有意思，阿巴貢走下地洞，準備要去找他的寶貝錢箱，其他角色哄笑，一架屏風降下來隱去他們的身影，舞台轉暗。阿巴貢爬出來，走到舞台左側，十幾隻黑手再度伸出來騷擾他，隱在屏風後方的阿箭遞給他失竊的錢箱。這時，從陷阱洞中升

上來一個金櫃，狀如棺材，阿巴貢躲進裡面，打開心愛的錢箱，露出滿滿的金幣，他鄭重地拿起來，一枚一枚吞下肚去。《世界報》（*Le monde*）劇評傳神地形容他此時貌似教士，突感飢餓，忍不住吞食聖體盒中的聖體餅[49]，顯得荒誕又無比眞實。這個最後的舞台畫面畫龍點睛，生動地爲全戲結尾。

　　值得一提的是，演出重用阿箭一角，增加全戲遭威脅、住宅被擅闖的危險氛圍。他作流氓打扮，臉上有股狠勁，右腳略跛但跑起來飛快，爲了找出阿巴貢藏錢所在，他經常在重要場面躲著偷聽，充分合理化阿巴貢對他的不信任。最後，阿巴貢也是從隱身屏風後的阿箭手中拿回錢箱。

　　爲了配合現代走向的場景設計，除了戀人的場景，演員說詞刻意口語化，偶或令人覺得演的是當代劇本，劇情詮釋雖難免簡化了意涵，但均在一個清楚明確的導演藍圖中進行，且演員個個表現精彩，如表裡不一但愛情堅貞的瓦萊爾、爲錢焦慮的克萊昂特、獨立自主的艾莉絲等，演出叫好叫座其來有自。

7. 明星演員的魅力

　　在上述大導演的作品之外，其他重要演出則往往以明星男主角爲號召，包含莫克雷（Jacques Mauclair）、布凱（Michel Bouquet）和波達利岱斯（Denis Podalydès）的詮釋，以及一代明星德菲內斯（Louis de Funès）的電影版（1980），每一齣製作都有大批粉絲捧場，每回重演，均能掀起看戲熱潮，足證《守財奴》的魅力十足。

---

49 Cournot, “Un *Avare* poignant et magnifiquement drôle à la Comédie-Française”, *op. cit.*

7.1 有趣的阿巴貢

　　對多數法國人而言，一代明星德菲內斯就是莫理哀筆下的「守財奴」。1980 年他和吉侯（Jean Girault）共同將此劇搬上大銀幕，電影大體上忠於原著，只加了少數不見於原劇的鏡頭，是齣賞心悅目、輕鬆愉快的喜劇電影，適合闔家欣賞。不過，電影的評論普遍不佳，這並不令人意外，因為影片為求畫面好看，常漠視劇情的邏輯。最顯眼處是阿巴貢粉藍色的宅第不僅典雅且舒適、溫暖（沙龍壁爐燃燒柴火）、美麗（花瓶插著許多鮮花），廚房中擺滿蔬果與美酒，全然看不出他的小氣。甚至，為了歡迎瑪麗安，他穿了一套豪華的孔雀開屏裝，所費不貲；行禮時一彎腰，孔雀尾巴就翹起來，喜劇效果十足。

圖 7　德菲內斯主演的阿巴貢。（DVD 封面）

　　雖然如此，德菲內斯獨到的喜劇演技卻不得不讓人叫絕。他穿一身黑，身體硬朗，動作敏捷，表演活力源源不絕，臉上表情活潑生動，愛扮鬼臉，會發出如鴨叫的怪聲，手勢多；表現有時類似卡通人物，但均精準掌握說話與行動的節奏，並不令人覺得灑狗血。他的絕招之一是旁白時，看著鏡頭，歪著嘴，從嘴縫中擠出台詞，好像說的是腹語，悄悄對觀眾吐露眞心話。

　　電影從阿巴貢在花園埋錢箱開始，點出劇情主要動作，然後在第三景之前加演一個短景：阿巴貢在教堂做禮拜，被一個從頭到腳罩著黑袍的乞婦追著討錢。劇終，阿巴貢在花園裡重新見到失竊的錢箱，喜不自勝，這時出現了唯一一句外加的旁白：「阿巴貢，祝你好運，親愛的阿巴貢」。下一個鏡頭是他頸上鍊著、手上拖著二、三十公斤重的錢箱橫越一片大沙漠，後面追著片首出現的乞婦拿著錢罐要錢，令人莞爾。

7.2 一個「美好時代」的家庭故事

　　同樣是採喜劇視角，莫克雷 1989 年在「瑪黑劇院」（le Théâtre du Marais）自導自演《守財奴》，背景設在 1920 年代，阿巴貢的故事變成一個「美好時代」（la Belle Epoque）中產階級典型的家庭故事。由於舞台窄小，場景設計簡單，僅用三塊草繪室內布置的褐色畫幕代表阿巴貢的家，台上只有一桌數椅，十分老舊。莫克雷上場，兩條肩帶拖在襯衫後面，頭髮凌亂，像是個糟老頭子，他的台詞聽起來很專制，實則無人當眞，例如被威脅掃地出門的阿箭爲他扣領結時，差點把他扼死。

　　阿巴貢像是被一群不懷好意的惡人包圍的受害者：阿箭頭戴鴨舌帽，行事帶著流氓氣；女兒艾莉絲自趨下流，打算嫁給家中的下人；瓦萊爾表裡不一，顯然別有所圖；後腦微禿的兒子穿白西裝，作花花公子打扮，在外宣稱有即將到手的遺產，大肆借錢花用；媒

人頂著濃妝，穿一身紅配黑外套，打扮亮眼，是個厲害角色；而瑪麗安則為輕熟女，已非純真小姐；昂塞姆說話帶義大利口音，身上佩槍，是個黑道教父。莫克雷揭發了「美好時代」的家庭問題，但以反諷的喜劇手法強調，除第四幕結尾的丟錢獨白在雷雨交加聲中進行以渲染悲情效果，其餘表演處處洋溢笑聲。終場，在輕鬆樂聲中，大錢箱被抬上舞台，阿巴貢打開，爬進去坐，樂得大撒金幣，狀似沐浴其間，最後自己關入箱中，猶如重回母親子宮，心滿意足，安全又自在。

7.3 詮釋慳吝的精髓

　　相對而言，布凱兩度主演《守財奴》[50]則笑中帶著焦慮與悲意，其細膩、精準的個人表演擄獲所有目光，導演並未有任何新解。在2007 年版的演出中，舞台呈現一個樸素、嚴峻的灰色調客廳，一種宗教氛圍油然而生，演員幾乎全站著演戲；客廳正中後牆上有個大保險箱，劇情主題一清二楚。阿巴貢一心想把錢守在身邊，可恨辦不到，看似氣焰盛，其實內心虛。布凱分析道：「《守財奴》中沒有歇緩的時刻，沒有無趣的瞬間，處處都是潛藏的精雕細琢和細節分支」[51]，意即全劇深埋細微的祕密，有待演員用心挖掘。

　　左派的《世界報》評道，布凱的個人表現「達到登峰造極的演員藝術。〔……〕這是一種銳利的清晰，達到完美的境界，因而失掉人性，成為一種風格的演練，十全十美」[52]。右派的馬卡布也評道：「所有一切均如此出奇地思考、估計、建構，以至於人性消失了，剩下牽線後面的傀儡。它使人著迷」[53]；意即阿巴貢化身為一個

---

50 1989，由 Pierre Franck 執導，在里昂首演，後到巴黎的 le Théâtre de l'Atelier 上演；2007，George Werler 執導，在 le Théâtre de la Porte Saint-Martin 演出。
51 Nicolas Choffel, "L'avarice et l'alchimie", *Le Figaro*, 13 septembre 1989.
52 Michel Cournot, "Michel Bouquet, Harpagon modèle. Il porte l'art de l'acteur à son comble d'expressivité et marque l'incroyable haine d'un père et d'un fils", *Le monde*, 23 septembre 1989.
53 Pierre Marcabru, "La perfection même", *Le Figaro*, 20 septembre 1989.

由執念牽動的傀儡，感情全部掏空，突然之間卻因為愛上了一個
不屬於自己的女子而逸出常軌 54。說得更實際一點，一身黑的布凱
臉色蒼白，走起路來像是怕磨壞鞋底，緩步慢行，減用手勢，全
身散發節約的氣息，一個眼神即足以洩露台詞的言下之意，咬字
清楚，減省說話聲量，徹底演出慳吝的精髓，教人讚嘆。相形之
下，其他演員只有陪襯的份。

7.4 金錢的囚奴

　　近年來最引起騷動的《守財奴》當推 2009 年法蘭西喜劇院的
全新製作，由波達利岱斯掛帥，演出「簡單又歡樂」55，卡司整齊 56，
創意無窮的波達利岱斯是目光焦點。易潔兒（Catherine Hiegel）演
而優則導，她年輕時曾主演過胡西庸版的瑪麗安。有趣的是，這個
經驗深印在她的腦海中，以至於她不自覺地複製了同樣的舞台設計
元素──大樓梯。

　　舞台空間具現一座古典大宅第的夾層（entresol）57，大理石鋪
面，看來壯觀，可見阿巴貢財力之殷實。舞台中央為大樓梯，其後
各有往上及往下的階梯，右端為通往廚房的一扇木門，左側有兩扇
巨窗，鐵窗裝在室內。石頭材質給人冰冷、僵硬的感覺，劇中的時
間也設定在冬季 58，角色全著冬衣，室內沒有任何讓人感覺暖和的

54 Fabienne Darge, "Michel Bouquet, subjuguant *Avare*, malgré une mise en scène vieillotte", *Le monde*, 12 janvier 2007.

55 Brigitte Salino, "*L'Avare* simple et joyeux de Catherine Hiegel", *Le monde*, 25 septembre 2009.

56 舞台設計 Goury，燈光設計 Dominique Borrini，音樂設計 Jean-Marie Sénia，服裝設計 Christian Gasc，演員：Serge Bagdassarian (Anselme), Christian Blanc (Maître Simon/ Le Commissaire), Suliane Brahim (Elise), Dominique Constanza (Frosine), Marie-Sophie Ferdane (Mariane), Antoine Formica (Le Clerc), Benjamin Jungers (Cléante), Nicolas Lormeau (Maître Simon/Le Commissaire), Pierre Louis-Calixte (La Flèche), Samuel Martin (Brindavoine), Ariane Pawin (Dame Claude), Denis Podalydès (Harpagon), Jérôme Pouly (Maître Jacques), François Praud (La Merluche), Stéphane Varupenne (Valère)。

57 原始設計出自 Lagrange 侯爵宅第，見 Fabienne Darge, "*L'Avare* selon Catherine Hiegel, derniers réglages avant la première", *Le monde*, 11 septembre 2009。

58 劇本提到去市集，此戲首演為 9 月 9 日，正逢聖羅蘭市集（Foire Saint-Laurent，6 月 28 日至 9 月 30 日），實應發生在秋季。

設計。夾層則給人不上不下、「一個不是地方」（un non-lieu）的地方之感 [59]。由於出入口多，且演員須上上下下，帶給這齣戲活潑的動感。

易潔兒大膽回歸《守財奴》的喜劇傳統，表演節奏輕快但略帶陰影。46 歲的波達利岱斯扮演一個老頭，他步伐小但輕盈，對金錢的神經性執念逼得他東奔西跑，甚至於跳上跳下，體力好，行動快，全無老態。為凸出他矯捷的身影，名服裝設計師高斯克（Christian Gasc）仿葛藍梅士尼的歷史戲服，為他設計全黑、緊貼著身軀剪裁的服裝，更顯其削瘦，活像是一隻昆蟲。透露老態的是他的黑眼圈、小黑帽、輪狀皺領及黑手杖。這根手杖看似他的助行工具，其實是他拿來教訓或威脅人的武器，所有僕人，還有西蒙老板都吃過它的苦頭，且全都痛到跪下或倒地。不僅如此，父子衝突，兒子跌倒爬不起來，阿巴貢還一手掐住他的喉頭，毫不猶豫，親子關係惡劣至此。

愛財如命是波達利岱斯表演的重點，演出特別設計一道金色大幕取代劇場原有的紅幕以強調金錢主題，戀愛只是插曲。一幕四景在兒女現身前，阿巴貢跳上窗檯去察看埋在花園的錢箱，扁瘦的身體居然可穿過鐵欄杆直接站到窗前往外張望！兒女一上台，他立即回身，乍看之下猶如被關在柵欄裡，形同錢財的囚犯而不自覺。

每次說到「錢」，波達利岱斯的身體就會立即有反應，不論是手舞足蹈，或心碎伏地痛陳丟了一萬艾居，每次都有不同的招數，創意無窮。而且，他往往在展現吝嗇成性的橋段大肆發揮，使觀眾忍俊不禁。如三幕一景，雅克報出晚宴菜單，從開胃菜一路說到甜點，沒完沒了，阿巴貢焦急荷包大失血而猛咳，想衝上前去堵住廚子的嘴，卻被瓦萊爾一把抱住，脫身不得，雙腳往半空中直

---

59 Darge, "*L'Avare* selon Catherine Hiegel, derniers réglages avant la première", *op. cit.*

蹬，心急如此，十分滑稽。或如第五幕審訊雅克，一開始情急之下
直認他就是竊賊，阿巴貢激動地跳到雅克的背上去質問，兩人展開
了一場趣味搏鬥。

可以說只要有波達利岱斯在場上，必有出人意表的動作發
生，戲好看的地方在此。演到丟錢的高潮，他的臉龐和雙手塗上
咖啡色（挖土的結果）驚慌跑上舞台，形同戴了一張面具，他從
悲傷、懷疑、憤怒演到絕望，說到要提告時，甚至爬上觀眾的椅
背，跨走到觀眾席中央，看著觀眾驚呼，「這裡這麼多人！」，和
他們互動（「那邊在偷偷說什麼呢？」），一樓觀眾無不受寵若驚。

圖 8　最後的嘉年華舞會，阿巴貢緊抱失而復得的錢箱。（B. Enguérand）

終場，阿巴貢拿回錢箱，小心翼翼打開，裡面傳出樂聲，他高興地捧著起舞，踏著宮廷舞步，舞姿曼妙，其他角色此時持長棍上台一起加入跳舞，舞台上方灑下金鈔，阿巴貢徜徉其中，樂不可支，最後跪倒在場中央，所有棍子齊瞄準他，眼看就要揮下，幕落。這個宛如嘉年華的結局深化全場演出的喜劇基調。

7.5 形象獨特的角色造型

這次製作的另一亮點為次要角色形象個個鮮明，特別是媒人弗西娜一身黑、灰兩色的禮服，一隻眼睛蒙著黑眼罩，說話譏刺、面冷心熱，引人聯想到西班牙文學的著名老鴇塞萊絲蒂娜（Célestine）[60]，富有新意的詮釋得到高度評價。此外，蓬頭垢面的掮客西蒙披一件老舊橄欖綠大衣、跛腳、口吃，顯然在人生路上吃過苦頭。再如昂塞姆由圓胖的巴達薩里安（Serge Bagdassarian）出任，身穿金光閃閃的服裝，「貴」族的形象一目了然，也為阿巴貢最後要求一件新禮服作為同意兒女婚事的條件之一，預先鋪排動機。

此外，還有雙頰胖嘟嘟的瓦萊爾當面一套，背後一套；一張娃娃臉的克萊昂特看來可愛，但和父親一樣急性子、壞脾氣；瑪麗安則身材高䠷，其他男人的身高只到她的胸部，求愛場面遂顯得荒謬，她行動略笨拙，不時用笑容掩飾自己的焦慮；身穿民族風服飾的艾莉絲脾氣倔強，不容妥協；做 17 世紀小無賴打扮的阿箭動作矯捷，亦正亦邪，詭計多端。

最亮眼的仍是波達利岱斯的喜劇新詮，阿巴貢的小氣有趣多過於可憐，滑稽強過陰鬱，雖然冷酷無情，喜歡發號司令、常常失控揍人，但別招惹他就沒事，這不過是一齣喜劇。所以，最後眾人持

---

60 臉上有刀疤。

杖對準他，卻停格在半空中，並不眞正打下來。

8. 新世代的改編演出

上述的指標性演出幾乎全是國家級劇院或大明星領銜的精美製作，《守財奴》其實也可以極簡演出，空台足矣，或重用假面喜劇表演傳統，或妙用木偶、人偶同台競技，或載歌載舞，幾乎所有製作其他莫劇的新方法都曾用在此劇上[61]。唯有在劇情詮釋上，《守財奴》不似《達杜夫》或《憤世者》的詩詞曖昧，沒有太大的詮釋空間，眞正突破傳統又不強詞奪理的新製作並不多見。進入新紀元後，年輕世代的導演常刪改原作搬上舞台，以求經典在新時代綻放新諦。

8.1 重探親子關係

現任 NEST（C.D.N. de Thionville-Lorraine）劇場總監的布瓦洛（Jean Boillot）於 2003 年推出《我們的守財奴》，他選擇從劇中四位年輕角色的眼光來解讀主角，煥發新意。此戲原是響應巴黎「水族館劇場」（le Théâtre de l'Aquarium）規劃之「孩子的劊子手戲劇節」而製作，後多次重演。導演把情境放在當代，背景爲阿巴貢過世之後，年輕的瓦萊爾、艾莉絲、克萊昂特和瑪麗安也已步入中年，他們相約到一個簡陋的娛樂場所，共同慶祝瓦萊爾和艾莉絲的結婚紀念日，克萊昂特則已和瑪麗安離婚[62]。四個人唱歌、跳舞、喝酒，分別藉由父親的眼鏡、輪狀皺領、吐血的手帕及一根棒

61 有關《守財奴》的演出資訊與資料，見 http://eduscol.education.fr/theatre/ressources/ressources-auteur/moliere/avare。
62 Solveig Deschamps, "*Notre avare* d'après Molière. Jean Boillot au Théâtre de l'Aquarium", 11 avril 2013, critique consultée en ligne le 10 mai 2014 à l'adresse : http://unfauteuilpourlorchestre.com/critique-notre-avare-dapres-moliere-jean-boillot-au-theatre-de-laquarium/.

子[63]，逐一道出以往被父親宰制的痛苦與憤怒，他們被逼得說謊、偷盜、自殺和弒父；不知不覺中，他們演出了心目中的阿巴貢。

圖9 《我們的守財奴》演出，四位年輕的一代重演當年阿巴貢在世的故事。
（P. Heckler）

演出穿插敘事，古典詩詞和現代反省交織成一體。過世的爸爸其實仍活在他們的心底，持續阻撓他們擁有自己的人生。因此瑪麗安盛怒之際撞牆，克萊昂特一時恍惚再度偷了錢箱，絕望的艾莉絲笑淚難分，而瓦萊爾則不斷轉身，企圖揮散阿巴貢的陰魂。四人均擺脫不掉阿巴貢的影響[64]。幸虧現場有位DJ播音樂助興，再加上演

63 Solen Le Cloarec, "*Notre avare*", Dossier de presse de *Notre avare*, d'après Molière, re-création de Jean Boillot, le Théâtre de l'Aquarium, 2013.
64 Florence G. Yérémian, "*Notre avare* : Une catharsis collective que Jean-Baptiste Poquelin n'aurait pas reniée", 24 avril 2013, critique consultée en ligne le 5 mai 2014 à l'adresse : http://www.bscnews.fr/201304242855/Paris-Show/notre-avare-une-catharsis-collective-que-jean-baptiste-poquelin-n-aurait-pas-reniee.html.

技偏向嘲諷，演出氣氛才不至於太過沉重。

　　德法跨界表演團體 Epik Hotel 於 2010 年在柏林首演《守財奴：一幅家庭素描，在第三個千年的開始》（*L'Avare : un portrait de famille en ce début de 3e millénaire*），2014 年登上巴黎「公社劇場」（la Commune, CDN d'Aubervilliers）舞台。由德國電子流行音樂好手彼德李希特（PeterLicht）改寫莫理哀原劇，同樣以世代衝突爲主題，最後成品介於 slam[65] 和社會批評之間。最令人意想不到的是，在一個鼓勵消費，藉以刺激經濟成長的當代社會，阿巴貢吝於花費，反倒幾乎使他化身爲一名異議分子（dissident），變成油滑主流經濟論述中的一粒砂子[66]，堅拒向資本主義靠攏，其立場頗值得我們這個過度消費的社會反思。

　　被一群不成材的第二代圍剿，激發了阿巴貢的鬥志：「我想要的，就是過我自己的人生。過去的每一個片刻都是眞的。〔……〕我在這一切之外。我不願意加入這中間的來來去去。我要離開制度[67]。〔……〕什麼也不給」[68]。

　　莫理哀原作以一個 17 世紀家庭爲劇情核心，台詞不斷提到衣食不足、帳目結算、弄錢巧門、致富之道，依然呼應今日「不患寡而患不均」，以及一切向「錢」看的資本主義社會[69]。彼德李希特倒轉演出標靶，對準劇中的年輕世代，他們深信金錢是幸福的基礎，消費成就個人，極力反對老爸的守財觀念，大聲疾呼錢財應用來「交流」，意即先拿出來給他們花用。21 世紀的克萊昂特、艾

---

65 一般譯爲「重金屬」（slam metal）或「重摔死亡金屬」（slam death metal），曲風除了嘶吼的唱腔外，還有很低沉快速的電吉他和弦，見 Urban Dictionary, http://www.urbandictionary.com/define.php?term=slam，查閱日期 2016.5.17。

66 Dossier de création de *L'Avare : un portrait de famille en ce début de 3e millénaire*, d'après Molière, Epik Hotel, 2014, p. 3.

67 意即資本主義。

68 Dossier de création de *L'Avare, op. cit.*, p. 9.

69 Interview de PeterLicht, *ibid.*, p. 5.

莉絲和他們的好友阿箭成日窩在老爸的房子裡，好吃懶做，還要雅克叔叔和弗西娜嬸嬸做飯給他們吃，照顧他們起居。

三餐之間，每個角色都有獨白的時刻，他們吶喊心中的不滿與焦慮，理直氣壯地以滿街都是的「失業年輕人」自居，自認有理坐等老爸的遺產，擁有「消費的能力」，藉此「展開自己的人生」，可是目標卻不知何在，搞革命嘛，大家又缺乏一致的理想，於是只能一等再等，一股躁動的空虛感瀰漫全場[70]。

彼德李希特欲問年輕世代：「你們什麼也不做，一動也不動，到底是想幹什麼？為何不把一切都轟掉呢？」這齣戲暴露彼德李希特反資本主義激進派的思維[71]，作風挑釁。在青春和錢財就是王道的今日社會，本戲融流行音樂、錄像、社會批判、經典劇的跨界演出，著實為一記當頭棒喝！

圖 10　《守財奴：一幅家庭素描，在第三個千年的開始》演出。（V. Arbelet）

70 Brigitte Salino, "Molière contre l'apathie des trentenaires", *Le monde*, 29 mai 2014.
71 參考其唱片專輯《資本主義終結之歌》（*Lieder vom Ende des Kapitalismus*, 2006）及《憂鬱和社會》（*Melancholie und Gesellschaft*, 2008）。

8.2 華爾街和資本主義市場

　　莫理哀畢竟是法國的文化瑰寶，《守財奴》更是法國人從小必讀的經典，其刻板印象難免深植腦海，因此少見跳脫框架、眞正用嶄新視角重閱經典之作。這方面的作品多來自其他國家，近年來最大膽與亮眼的改編製作來自阿姆斯特丹的「劇場」（Toneelgroep），由以「破除偶像」（iconoclaste）著稱的總監凡霍夫（Ivo van Hove）執導，標題採用英譯劇名 *The Miser*，2013 年受邀到巴黎演出。之前他已導了一齣令人折服的《憤世者》[72]，巴黎觀眾無不期待再次看到相同水平的全新演繹。

　　戲一開場果然使觀眾大開眼界，舞台上的居家空間走豪華摩登的都會 loft 風格，寬敞的室內設計出自名家（Jan Versweyveld）之手，地上卻堆滿啤酒罐、吃剩的披薩、茶杯、髒衣服、皮鞋、文件……。進入 21 世紀，精壯的阿巴貢（Hans Kesting 飾）忙著炒股，成天盯著電腦螢幕殺進殺出，兒子則忙著下賭；兩人雖彼此對話卻各自盯著自己的電腦看[73]。全球股市的瞬息變動，更甚於任何瘋狂執念，劇烈地影響阿巴貢的言行舉止[74]。他是家中暴君，激烈的反應不時引發驚慌和恐懼，對桀驁不馴卻無膽識的克萊昂特，阿巴貢把他逼到牆邊，掐他的脖子，甩他耳光，隨手抄起熨斗砸他的臉[75]，而女兒差點淪爲他慾望的受害者[76]。

....

72 全戲在一密閉的灰色現代空間展演，重用錄像，原本歡樂的朋友聚會質變為惡搞的場域，最後垃圾丟滿整個房間，令人見之噁心。

73 "Ivo van Hove/Toneelgroep Amsterdam *L'Avare*", 2013, annonce du programme, consultée en ligne le 4 mai 2014 à l'adresse : http://www.maccreteil.com/fr/mac/event/183/l-avare.

74 Armelle Héliot, "Ivo van Hove : *L'Avare* résiste (un peu) à la transposition", 8 novembre 2013, critique consultée en ligne le 5 mai 2014 à l'adresse : http://blog.lefigaro.fr/theatre/2013/11/ivo-van-hove-lavare-resiste-a.html.

75 Christophe Candoni, "*L'Avare* par Ivo van Hove, plus effrayant que drôle, assurément moderne et lucide", 15 novembre 2013, critique consultée en ligne le 6 mai 2014 à l'adresse : http://toutelaculture.com/spectacles/theatre/lavare-par-ivo-van-hove-plus-effrayant-que-drole-assurement-moderne-et-lucide/.

76 Héliot, "Ivo van Hove : *L'Avare* résiste (un peu) à la transposition", *op. cit.*

圖 11　凡霍夫執導的 *The Miser*，父子各自盯著電腦交談。（J. Versweyveld）

　　在這個高度連網的舞台世界中，角色關係異常疏離。開場，瓦萊爾和艾莉絲做愛，結束後立即各自分頭滑手機、玩電玩，開冰箱找可樂喝[77]。而老鴇弗西娜作現代職業婦女打扮，身上配備多支手機，隨時和三、四個客戶敲定交易，表現搶眼[78]。戲中的核心道具——錢箱——轉變成 21 世紀的隨身碟。而最令人震驚的是，這個隨身碟被阿箭偷走之後，克萊昂特和艾莉絲隨即毫不留戀地離家出走，留下老父悲情地跳窗自殺[79]，悖離原本的喜慶結局（昂塞姆片段刪除未演）。

　　全場可說毫無笑聲。不少觀眾欣賞此戲無懈可擊的技術執行，全體演員表現也頗得肯定，特別是男主角冷調、心理寫實的演

77 Candoni, *op. cit.*
78 Héliot, "Ivo van Hove : *L'Avare* résiste (un peu) à la transposition", *op. cit.* ; Candoni, *op. cit.*
79 Stephane Capron, "Ivo van Hove dénonce l'argent pourri dans sa version de *L'Avare*", 9 novembre 2013, critique consultée en ligne le 6 mai 2014 à l'adresse : https://www.sceneweb.fr/lavare-version-ivo-van-hove/.

技得到許多讚譽，只是對劇情的時代新詮，意見分歧。

　　無獨有偶，「蘭斯喜劇院」（la Comédie de Reims）總監拉高德（Ludovic Lagarde）2014 年也推出了一個當代版的《守財奴》，同樣充滿暴力。舞台設計師瓦塞爾（Antoine Vasseur）把阿巴貢的家設在一個倉儲中心，運貨紙箱、木箱、倉儲櫃堆滿台上，員工（傭人）來來往往，不停進貨、調貨、驗貨，觀眾目睹現代資本如何運作。舞台上唯有裝在一個板條木箱中的水晶吊燈使人依稀想起 17 世紀，其他裝置全部當代化：阿巴貢用閉路電視監視他埋錢的花園，老鴇用平板電腦洽談生意，廚子在攤販車上弄餐飲。

　　到了第五幕所有貨箱逐漸被工人搬離成為空台，只留下倉儲的背景牆和大門。拉高德也刪演了昂塞姆的奇蹟相認，直接跳演兒子質問老父是要錢還是要人？阿巴貢選了錢，阿箭隨即從大門推入一個橫式冷凍櫃，阿巴貢持槍將所有人全部嚇走，方才打開冷凍櫃的蓋子，裡面射出冰冷的光線，陣陣寒氣不停湧出，他一臉肅穆，持槍爬入，關上蓋子。一會兒過後蓋子再度打開，阿巴貢的上半身冒出來，他的臉上和雙手彷彿鍍了一層金箔，他慢動作觀察自己的金手，撫摸自己的金臉，人似乎開始凝成黃金，後再度沒入冰櫃中。

　　全戲理應在此結束，忽然間傳來敲門聲，只見一位西裝筆挺的老先生手上拿了一束美麗的捧花上場，推斷應該是來簽訂婚約的昂塞姆。他見四下無人，順手把花放在冷凍櫃上後走出大門，新娘的捧花於是變成弔唁的花束，暗示阿巴貢最後為永保黃金，只能在冰櫃中得到永生，反射了導演對此劇的立場：只進不出的財產不過是一種無意義的金錢崇拜[80]，終將導致自我毀滅。

　　回到戲的開場，演得緊張無比，舞台全暗，節奏急迫的音樂響

---

80 Ludovic Lagarde, "Note d'intention", Dossier de presse de *L'Avare*, la Comédie de Reims, 2014.

起，只見一個人影飛快地跑進跑出，他用手電筒照上照下，急速晃動的光線偶而讓人瞥見一個類似倉儲的地方。這個人四處翻箱倒櫃，動作火速，音樂危急。正當觀眾以為導演加演了一段阿巴貢藏錢、遭小偷的楔子，燈光一亮，見到的卻是管家瓦萊爾站在門上！他全身赤裸，內褲退到腳踝，氣喘吁吁。而著黑色內衣褲的艾莉絲則坐在地上準備穿外衣，兩人顯然是剛做過愛。

這段懸疑的序曲揭露了瓦萊爾的真面目，他之所以隱姓埋名來當阿巴貢的管家，圖的就是他的錢，愛情只是個手段。拉高德由此預示《守財奴》的虛偽、黑暗世界。

主角由中生代的博特諾（Laurent Poitrenaux）擔綱，他正值壯年，大步走路，精力旺盛，脾氣火爆，說話中氣十足，動不動就揮舞長槍威嚇身邊的人。第三景，他正式登場亮相，拿著長槍想趕走阿箭，可憐的阿箭不僅赤身裸體被掃地出門，阿巴貢還戴了手套去搜他的下體！對自己的兒女也照樣拳腳相向。到了第五幕，深怕兒子搶走瑪麗安，他挾持心上人，長槍口就對準她的頭部！

至於說話甜如蜜的媒人弗西娜，原是上述其他演出中唯一鎮得住阿巴貢的人物，在拉高德的舞台上，則說話小心翼翼，見機行事，不再胸有成竹、信心滿滿。對待員工，阿巴貢更是毫不手軟，原來帶有喜感的一群下人不僅臉上毫無笑容，且雙眼盯著地面走路，動作遲緩，他們在噩夢般的綠色光線中換景（調動箱子），音樂聽起來甚至有點恐怖。

只有在發現自己的錢被偷走，阿巴貢才面露驚慌，四肢趴地，四處嗅聞，如同一隻瘋狗，最後無計可施，絕望到想要自殺，一把將槍口塞入自己的嘴巴，觀眾感到恐怖勝過悲憫。全場演出可說毫無喜氣，只有提到要用錢，阿巴貢就全身不舒服：他縮著脖子、略屈膝走路，雙手搖晃，怪模怪樣，有點滑稽。

圖 12　拉高德執導的《守財奴》，左起瓦萊爾、艾莉絲、雅克、阿巴貢、克萊昂特、瑪麗安和弗西娜。（P. Gély）

　　心理學家瓦居曼（Gérard Wajcman）分析道：吝嗇鬼在形象上是位暴君，不管是在家裡或外面，這是一種無情的暴政，令人無法忍受，因吝嗇鬼強加一種黃金的鐵律——欲望是專制的，吝嗇鬼要世界臣服在自己的欲望下；世界的秩序可以更改，他的欲求則不容許任何變動[81]。這段心理分析恰可作為此戲的註腳。錢之外，拉高德特別標出暴力、冷笑、偽裝以及世代衝突為重頭戲，他凸顯作品的黑暗面；事實上，人與人之間一旦只剩下物質關係，喪失人性可說是必然的結果。

　　凡霍夫和拉高德的舞台場面調度點出阿巴貢個性猥褻、嚇人、可怕的一面，不近人情的舉動，反應他聽命赤裸的欲望行事。兩位導演當代化的詮釋不約而同地強調了資本主義社會利益宰制一切的運作機制，資源分配嚴重不均，金融危機逐層出不窮；

81 Gérard Wajcman, *Collection* ; suivi de *L'avarice* (Caen, Editions Nous, 1999), p. 84.

換句話說，他們將金錢／資本視爲全劇主題處理，三百年後的阿巴
貢面臨的是競爭劇烈無比的全球市場。在這種情況下，人際關係趨
向暴力威脅，再度印證了瓦居曼所言：吝嗇鬼的形象豎立一張「不
能看的」（irregardable）欲望臉孔──虐待狂、地下的、晦澀、
偏執、沒耐心、迫切、蠻橫、無情、專制、奴役、卑鄙、粗暴、罪
犯，甚至是謀殺的 [82]。

　　以喜劇之姿登場，《守財奴》三百年來歷經悲喜兩極的詮釋震
盪，現已超越這個爭執，進入百家爭鳴的時代。以發明複調編劇揚
名當代的法國劇作家維納韋爾（Michel Vinaver）曾言：一個文本
的眞理存在於許許多多演出的差距中 [83]，這也就是說，一齣劇的眞
理須經由不同演出呈現方得以透露端倪，這個結論同樣適用於《守
財奴》。以古典名劇而言，普朗松一針見血地點出：「事實上，每
個時代均以不同的方式『閱讀』過去的作品，透過閱讀，一個時代
浮現了 [84]。」莫理哀名劇與時並進的原因即在此。

------

82 *Ibid.*, p. 86.
83 Vinaver, "Michel Vinaver et ses metteurs en scène", entretien avec Joseph Danan, *Du théâtre : A brûle-pourpoint, rencontre avec Michel Vinaver*, hors-série, no. 15, novembre 2003, p. 11.
84 Planchon, *op. cit.*, p. 8.

L'Avare
莫理哀年表
———— ✣ ————

西元	年紀	大事記
1622		・出生。 ・1 月 15 日受洗，爲尚・波克藍（Jean Poquelin）和瑪麗・克蕾瑟（Marie Cressé）之子，取名爲尚－巴提斯特（Jean-Baptiste）；家族世代經營壁毯業。
1631	9 歲	・父親買下「御用壁毯商」（le tapissier du roi）及「國王侍從」（le valet de chambre du roi）職位。
1632	10 歲	・母親過世。
1633–1639	11–17 歲	・在耶穌會辦的克萊蒙中學（le Collège de Clermont）就讀，爲今日的「偉大路易中學」（Louis-le-Grand）。
1637	15 歲	・父親爲家族取得「御用壁毯商」及「國王侍從」工作的世襲權。
1640–1642	18–20 歲	・在奧爾良（Orléans）讀法律，獲得學士學位，當了幾個月的律師後放棄執業。求學過程中可能加入兩名賣假藥的藝人巴里和羅維埃坦（Bary et l'Orviétan）的戲班。 ・結識瑪德蓮・貝加（Madeleine Béjart）和她的演戲家族。
1643	21 歲	・放棄繼承父親的世襲職務，但領到一點遺產。 ・6 月 30 日，和瑪德蓮共同創立「顯赫劇團」（l'Illustre-Théâtre）。
1644–1645	22–23 歲	・開始用「Molière」簽名，原因不可考。成爲劇團總監。 ・劇團陸續租用兩個廢棄的網球館改裝成戲院演戲，但票房無法維持，欠下債務，莫理哀兩度下獄，後帶領劇團出巴黎歷練。

西元	年紀	大事記
1645–1658	23–36 歲	・可能帶著團員加入杜非斯內（Dufresne）劇團，開始走江湖賣藝的生涯。劇團走過南特（Nantes）、普瓦解（Poitiers）、土魯茲（Toulouse）、納博訥（Narbonne）、培茲納（Pézenas）、葛勒諾勃（Grenoble）、狄戎（Dijon）、貝齊埃（Béziers）、里昂等地。
1653	31 歲	・劇團受到朗格多（Languedoc）省長孔替親王（Prince de Conti）保護，改稱「孔替親王劇團」。
1655	33 歲	・《冒失鬼》（L'étourdi）在里昂首演，莫理哀主演馬斯卡里爾（Mascarille）一角。
1656	34 歲	・《愛情的怨氣》（Le dépit amoureux）在貝齊埃首演。
1657	35 歲	・孔替親王因故禁止莫理哀劇團使用他的名號。
1658	36 歲	・10 月，劇團回到首都，得到路易十四的弟弟菲利普（Philippe d'Orléans）賞識，改稱「御弟劇團」（la Troupe de Monsieur）。 ・10 月 24 日，於「小波旁廳」表演高乃依的悲劇《尼高梅德》（Nicomède），路易十四和朝臣反應平平，莫理哀不死心，請求加演一齣鬧劇《戀愛中的醫生》（Docteur amoureux），成功逗樂國王和朝廷貴族。莫理哀得以和義大利劇團輪流在小波旁廳演出。 ・11 月 2 日，《冒失鬼》在巴黎上演。 ・演出高乃依劇作《埃拉克留斯》（Héraclius）、《羅多庚》（Rodogune）、《西納》（Cinna）、《席德》（Le Cid）、《龐貝》（Pompée）均失敗，僅《愛情的怨氣》大獲成功。
1659	37 歲	・《飛醫生》（Le médecin volant）在巴黎上演（之前可能已在外省推出）。 ・11 月 18 日，《可笑的才女》（Les précieuses ridicules）首演，轟動一時。

西元	年紀	大事記
1660	38 歲	・弟弟過世，莫理哀接受「御用壁毯商」職位，一年中有一季時間親自服侍國王。 ・5 月 28 日，《斯嘎納瑞勒或綠帽疑雲》（*Sganarelle ou le cocu imaginaire*）首演。 ・10 月，小波旁廳遭拆除，莫理哀遷到「王宮」（le Palais Royal）──原黎希留（Richelieu）的「主教宮」（le Palais-Cardinal）──中的戲劇廳演戲，稱為王宮劇院。
1661	39 歲	・1 月 20 日，王宮劇院開幕，莫理哀到辭世為止都在這裡演出。 ・2 月 4 日，悲喜劇《唐高西・得納瓦爾》（*Dom Garcie de Navarre*）首演失敗，莫理哀從此放棄嚴肅題材。 ・3 月 9 日，樞機主教馬薩林（Mazarin）病逝，路易十四掌權。 ・6 月 24 日，《先生學堂》（*L'école des maris*）首演。 ・8 月 17 日，莫理哀首部「喜劇－芭蕾」《討厭鬼》（*Les fâcheux*）在路易十四的財政總監富凱（Fouquet）位於子爵山谷（Vaux-le-Vicomte）的奢華宅第首演。
1662	40 歲	・2 月 20 日，和瑪德蓮的么妹阿蔓德・貝加（Armande Béjart）結婚。 ・5 月 8-14 日，劇團進駐聖日耳曼（Saint-Germain）宮，為一大殊榮與肯定。 ・12 月 26 日，《妻子學堂》（*L'école des femmes*）首演，引發巨大批評聲浪，抨擊持續一年。
1663	41 歲	・6 月，國王給莫理哀一千鎊文人津貼，此後每年持續直到他過世為止。 ・8 月，推出《妻子學堂的批評》（*La critique de l'école des femmes*）一劇反擊對《妻子學堂》的批評。 ・10 月，再推出《凡爾賽即興》（*L'impromptu de Versailles*）反擊對《妻子學堂》的批評。

西元	年紀	大事記
1664	42 歲	・1 月 29 日，《逼婚》（*Le mariage forcé*）首演。 ・2 月 28 日，長子受洗，教父爲路易十四，教母爲國王的弟媳——英國的昂希葉（Henriette）夫人，十個月後長子夭折。 ・4 月 17 日，《達杜夫》（*Le Tartuffe*）禁演事件開始：「聖體會」（la Compagnie du Saint-Sacrement）想盡辦法要阻止這齣「惡意的喜劇」登上舞台。 ・4 月 30 日－5 月 22 日，劇團進駐凡爾賽宮以慶祝「仙島歡樂」（Les plaisirs de l'île enchantée）慶典，《艾麗德公主》（*La princesse d'Elide*）首演。 ・5 月 12 日，《達杜夫》首演，由於虔信者抨擊，國王被迫禁止此戲公開演出。大約在這個時期，莫理哀妻子不守婦道的流言甚囂塵上。
1665	43 歲	・2 月 15 日，《唐璜》（*Dom Juan*）首演。 ・8 月 4 日，女兒艾絲普莉－瑪德蓮（Esprit-Madeleine）受洗，是莫理哀唯一長大成人的孩子。 ・8 月 14 日，國王給劇團七千鎊津貼，且賜予「國王劇團」之名。 ・9 月 14 日，《愛情是醫生》（*L'amour médecin*）首演。 ・12 月 29 日至翌年 2 月 5 日，劇團暫停演出，莫理哀重病，一度病危。
1666	44 歲	・6 月 4 日，《憤世者》（*Le misanthrope*）首演。 ・8 月 6 日，《強迫成醫》（*Le médecin malgré lui*）首演。莫理哀因作品的道德問題成爲眾矢之的，受到孔替、拉辛、道比涅克（d'Aubignac）等人交相指責。 ・12 月 1 日，劇團進駐凡爾賽宮，參加《繆思的芭蕾》（*Ballet des Muses*）節慶，推出《梅莉塞爾特》（*Mélicerte*）、《西西里人或畫家之愛》（*Le sicilien ou l'amour peintre*）。

西元	年紀	大事記
1667	45 歲	・4 月 16 日－5 月 14 日，謠傳莫理哀不久人世，劇團暫停演戲。 ・8 月 5 日，《僞君子》（*L'imposteur*）公演，爲《達杜夫》的改編，立即遭國會議長和巴黎大主教下令禁演。
1668	46 歲	・1 月 13 日，《昂菲特里翁》（*Amphitryon*）首演。 ・7 月 18 日，《喬治・宕丹》（*George Dandin*）在凡爾賽宮首演。 ・9 月 9 日，《守財奴》首演。
1669	47 歲	・2 月 5 日，《達杜夫》禁演令解除，連續公演 44 場，首演當晚破紀錄進帳 2,860 鎊，觀眾擠滿劇院的每個角落。 ・4 月，印行詩作〈聖寵山谷的光輝〉（"La gloire du Val-de-Grace"），討論米納爾（Mignard）的畫作。 ・10 月 6 日，《德浦索那克先生》（*Monsieur de Pourceaugnac*）在香堡（Chambord）首演。
1670	48 歲	・1 月 4 日，喜劇《憂鬱的艾羅密爾》（*Elomire hypo-condre*）出現，作者不詳但對莫理哀知之甚詳，這是攻擊莫理哀最激烈的作品。 ・2 月 4 日，《講排場的情人》（*Les amants magni-fiques*）在聖日耳曼宮首演。 ・10 月 14 日，《貴人迷》（*Le bourgeois gentilhom-me*）在香堡首演。
1671	49 歲	・1 月 17 日，《浦西歇》（*Psyché*）在「杜樂麗宮」（Tuileries）大廳首演，爲了如期完成，莫理哀請高乃依和基諾（Quinault）幫忙。 ・5 月 24 日，《史卡班的詭計》（*Les fourberies de Scapin*）首演。 ・12 月 2 日，《艾絲卡芭娜斯伯爵夫人》（*La com-tesse d'Escarbagnas*）首演。

西元	年紀	大事記
1672	50 歲	・2 月 17 日，瑪德蓮・貝加謝世。 ・3 月 11 日，《女學究》（*Les femmes savantes*）首演。 ・10 月 1 日，第二個兒子受洗，十天後夭折。
1673	51 歲	・2 月 10 日，《慮病者》（*Le malade imaginaire*）首演，夏潘提爾（Marc-Antoine Charpentier）作曲。 ・2 月 17 日，《慮病者》演出第四場，進行到最後的嘉年華慶典，莫理哀身體抽搐，極度不適，他勉強撐著演完，即刻送回家休息，當夜不斷咳嗽，吐血而亡。 ・3 月 3 日，《慮病者》重新開演，由拉托里利埃爾（La Thorillière）擔任主角。 ・5 月 23 日，莫理哀的劇團遷往蓋內苟（Guénégaud）劇院。 ・6 月 23 日，瑪黑（Marais）劇團併入莫理哀劇團。
1680		・8 月 18 日，布爾高涅府（l'Hôtel de Bourgogne）劇團併入蓋內苟劇院，成為今日的「法蘭西喜劇院」。

L'Avare
譯後記

本譯文根據的版本，爲 1669 年 2 月 18 日莫理哀委託巴黎書商布拉賈（Claude Blageart）發行的首版《守財奴》，與 2010 年法國最具權威的七星叢書（Pléiade）重編《莫理哀全集》所採用的底本相同。歷史上各版《守財奴》差異不大，只有標點符號在時代演變中因使用習慣不同而略有更動，舞台表演指示則越來越詳細。原始版本是莫理哀導演的版本，並未詳記表演指示，後來逐漸補全。爲避免繁瑣，本譯文只在光靠上下文無法確定說話對象時，才加入指示。

注釋方面，除參考上述七星最新版之外，也曾參酌以下幾個注釋版本與網站：

L'Avare, édition de 1669, avec les variantes de 1682 et de 1734, consultée en ligne pendant 2015-2016 à l'adresse: http://www.toutmoliere.net/note,405352.html.

Oeuvres complètes de Molière, éds. Edmond A. E. Geffroy & Jules Janin. Paris, Laplace et Sanchez et cie, 1875.

Oeuvres complètes, éd. Georges Couton. Paris, Gallimard, coll. Pléiade, 1971.

L'Avare, éd. Fernand Angué. Paris, Bordas, coll. Univers des lettres, 1972.

L'Avare: Comédie 1668, préface de Roger Planchon, présentation de Charles Dullin, commentaires et notes de Jacques Morel. Paris, Librairie générale française, coll. Le livre de poche, 1986.

L'Avare, éd. Jacques Chupeau. Paris, Gallimard, coll. Folio Théâtre, 1993.

Molière 21. http://www.moliere.paris-sorbonne.fr/.

碰到對原文用詞看法出現歧義時，優先採用七星新版注釋。

中譯文曾參考李健吾、肖熹光、趙少候、楊路、李玉民的譯本。其中，李健吾版仍是當中最好的譯本。其他譯本多見生硬直譯，如肖熹光在三幕一景的譯文：「你是不是要老爺用填鴨式的方法把請來的客人都害死呢？」、「為了對我們所請的客人表示真正的友誼，必須在整個進餐中節制他們的飲食」（北京，文化藝術，1999，頁203）；「沒有比揪住您不放並不斷地談起您的吝嗇更叫人高興了」（頁206），其他亦有錯譯之處，在此不一一列舉。

楊路譯的《吝嗇鬼》（北京，中國致公）於新世紀出版，其譯文常見過度說明。如開幕場景艾莉絲的台詞，直譯為：「可是你為什麼不想想辦法也爭取我哥哥的支持呢，萬一女傭洩漏我們的祕密該怎麼辦？」（Mais que ne tâchez-vous aussi à gagner l'appui de mon Frère, en cas que la Servante s'avisât de révéler notre secret?）楊路譯：「然而我不理解的是，你為何不串聯我的哥哥呢？倘若那女傭人臨時改變想法，把我們的私情捅出來，豈不慘了，畢竟多一個人幫忙不是件壞事」（頁7）。這麼一來，劇白變得臃腫，也失去了節奏感。

定稿後校閱期間，發現了李玉民譯《吝嗇鬼》，收錄於《法國戲劇經典（17-18世紀卷）》（杭州，浙江大學，2016再版），可讀性高，但仍有讓人費思量的字句，如開幕場景瓦萊爾對艾莉絲表示：「至於您的種種顧慮，您父親會以過火的行動，讓所有人明白您是對的。他那種極端的吝嗇，對待女兒生活極其苛刻的態度會適得其反，能讓人做出更奇怪的事情來」（頁236）；或一幕四景，阿巴貢對一雙兒女說起瑪麗安：「這樣一位姑娘，你們不認為值得人在心裡懷念嗎？」（頁246），這是從原文直譯（Ne croyez-vous pas qu'une fille comme cela mériterait assez que l'on songeât à elle?），後半句的意思其實是：「值不值得考慮婚嫁呢？」另有譯

得不夠精確處，但整體而言，仍是值得一讀的譯本。

　　李健吾譯文的妙處在常有神來之筆。例如劇中廚子提到阿巴貢的瘦馬時說：「毛病出在您老叫它們挨餓，餓到後來，也就只有皮包骨頭，馬架子、馬影子、馬樣子了」（台北，桂冠，1993，頁 287），後三字因爲對到了原文 "des idées ou des fantômes ; des façons de Chevaux"，直譯爲馬消瘦成「概念或影子；馬的樣子」，令人叫絕。

　　李版譯文最大的缺憾在於時代的痕跡，這是所有譯本的宿命，諸如「一定是我造下孽了，他才害上了相思病」（克萊昂特，頁 260），「您咳嗽起來，模樣可好啦」（弗西娜，頁 277），「紅粉愛少年！說得通嗎？青年相公，也好叫男子漢？」（弗西娜，頁 276），或「上多了菜，等於是一家黑店」（瓦萊爾，頁 286），最後一句之關鍵字眼 "coupe-gorge"，比喻會被強盜「拿刀割喉」以洗劫的「危險場所」，譯爲謀財害命的「黑店」確爲另一妙譯，不過此字今日多指敲竹槓的商店，讀者或觀眾接收到的訊息可能產生誤差。

　　這些如今感覺過時的語彙讓這部經典瀰漫舊時的氛圍，產生了時代距離感，更有甚者，劇本因而被一股章回小說式的氣息所籠罩。另一「缺憾」爲全劇百分之百口語化的譯筆太強調喜劇氛圍，沸沸揚揚，熱鬧非常，毫無冷場，讀來直如置身劇場之中正在欣賞現場演出般生動活潑，而其實原劇對白並非全然如此。不過整體而言，李健吾譯文妙筆生花，本身就是經典，爲本新譯計畫樹立了一個很高的標竿。

　　事實上，本劇台詞寫作可概分爲兩大路線：一爲文藝腔的戀人絮語，或有身分地位者之間彬彬有禮的對話，散發新古典的莊重雅致文風，內容委婉含蓄，第一幕起始兩場，以及三幕七景、四幕

一景尤其明顯；其二則爲較直白、鮮活的口語，特別是有下人在場時。關於前者，在「導讀」的 4.1「用散文編劇」一節已分析開場白之詩行節奏、佩脫拉克式的隱喻、似非而是的說詞、迂迴的措辭，爲全劇最難翻譯處，若按原句直譯，很可能使讀者摸不著頭緒。舉一個簡單的例子，艾莉絲開場對瓦萊爾表示如果其他人都用她的眼光來看他，她就沒什麼好怕的；「就因爲你的爲人，我才願意託付終身」（Je trouve en votre personne de quoi avoir raison aux choses que je fais pour vous），原爲「因爲你這個人，我爲你做的事（即訂婚）就有了理由」。

　　或如瓦萊爾在五幕三景對阿巴貢說：「我費盡千辛萬苦才讓她〔艾莉絲〕放下矜持，答應和我長相廝守」（j'ai eu toutes les peines du monde à faire consentir sa pudeur à ce que voulait mon amour），後半句事實上是「使她的矜持同意我的愛情之欲求」，乃浪漫文學的語彙。四幕一景，媒人弗西娜設計假布列塔尼侯爵夫人的陷阱，設想阿巴貢一旦財迷心竅，掉到圈套裡：「成全了你們〔克萊昂特和瑪麗安〕的好事」，事後他即使發現自己上當，也於事無補了，其中「成全了你們的好事」，原文直譯爲「他一旦答應了和您相關的事」（il aurait une fois consenti à ce qui vous touche），意即「親事」。考慮演出的可能性，此次新譯一律以台詞的實際意義爲第一考量，意義特別曲折或語義雙關時，則透過注釋說明。

　　最後，關於法語敬稱（vouvoiement）的翻譯問題：莫理哀原劇絕大多數的場景，角色間對話均以「您」互相稱呼，包括親子、兄妹，以及情人之間，但這不符合現代中文語境，譯文一律改爲「你」。只有出現上對下的關係，或者劇末阿巴貢和昂塞姆兩位有身分地位的人說話時，才保留原文的「您」。另外，本書將作者藝名譯爲「莫理哀」，而非通用的「莫里哀」，因曾有論者提到 Molière 若譯爲「莫理哀」，當更能披露他的喜劇意境。

　　翻譯過程中，曾茂川教授在其翻譯的《人生如夢》之〈譯後記〉，曾精要地提到幾位翻譯大家之見，正巧說明了本人幾個階段的工作態度：首先為避免過與不及，楊絳女士所言之「一句句死盯著原譯文[1]而力求通達順暢」，是本人初譯時的精確寫照。進行修改時，余光中先生提示之「讀者順眼、觀眾入耳、演員上口」，提綱挈領地道出了劇本翻譯的三大原則，最後特別是英若誠先生強調之譯文的口語化和簡練，切忌拖泥帶水，在這齣喜劇中尤為要事。誠如英先生所言：戲劇譯本應盡量讓非原著國語言的觀眾，能夠像閱讀或聆聽原作的人得到同樣的感受[2]。這也是本人在法國看翻譯劇本上演時的感覺，即使是莎劇，法譯台詞聽來就像是法語般無比自然。

　　《守財奴》新譯計畫得以順利完成，首先需感謝科技部通過本計畫，並支持赴法國研究調查莫理哀研究書目、演出紀錄和影音資料，方能完成「導讀」與「演出史」兩文，並完成校對譯文工作。有別於其他「經典戲劇譯注」系列作品，本次新譯除注意可讀性之外，並關注其可演性，《守財奴》原本就是為舞台演出而編。因此在劇本「導讀」之外，另增「演出史」一文，讀者即能理解本劇作為經典有其歷久彌新的意義。

　　由衷感謝兩名認真的匿名審查者提出的中肯意見，譯文品質得以更為提昇。Université de Bourgogne 的 Philippe Ricaud 教授協助掌握 17 世紀法文書寫特色，在 Musée Cernuschi 任職的好友 Hélène Chollet 女士對路易十四時代流行的衣飾、遊戲、室內陳設等問題提供研究線索。計畫助理劉宛頤、戴小涵、徐瑋佑幫忙電腦作業、協助尋找演出資訊、編輯、校對；許書惠、張家甄、新秀劇作家陳建成、編劇楊璧瑩、阮劇團的吳明倫小姐則逐字逐句

1　《斐多》（*Phaedo*）原文是希臘文，她根據英譯本轉譯。
2　以上意見，見《人生如夢》（聯經，2012），頁 217-19。

校讀，對譯文之精確性、流利度與口語化提出許多建言。好友鴻鴻、丁琮鈴、居振容等均給筆者極大的鼓勵。而在巴黎「居美博物館」（Musée Guimet）工作的好友曹慧中提供舒適的房子使本人能在巴黎專心工作，至為感激。

　　在尋找研究資料方面，法蘭西喜劇院、奧得翁歐洲劇院、國立人民劇院之影音圖書館人員，蘭斯喜劇院、NEST（C.D.N. de Thionville-Lorraine）劇院、阿姆斯特丹的「劇場」（Toneelgroep）、德法的 Epik Hotel 劇團，均給予迅速的協助。劇照方面，蘭斯喜劇院、阿姆斯特丹的「劇場」、Epik Hotel 劇團以及 NEST 劇院慷慨提供演出劇照供本書出版使用，使中文讀者能具體地想像舞台演出光景。

　　本書付梓曾經歷一番波折，今由臺北藝術大學和五南出版社聯合出版，在此一併致謝。

L'Avare
參 考 書 目

《守財奴》重要版本與注釋版本

L'Avare, édition de 1669, avec les variantes de 1682 et de 1734, consultée en ligne pendant 2015-2016 à l'adresse: http://www.toutmoliere.net/note,405352.html.

Oeuvres de Molière, éd. M.-A. Joly. Paris, Pierre Prault, 1734.

Oeuvres complètes de Molière, éds. Edmond A. E. Geffroy & Jules Janin. Paris, Laplace et Sanchez et cie, 1875.

Oeuvres complètes, éd. Georges Couton. Paris, Gallimard, coll. Pléiade, 1971.

L'Avare, éd. Fernand Angué. Paris, Bordas, coll. Univers des lettres, 1972.

L'Avare: Comédie 1668, préface de Roger Planchon, présentation de Charles Dullin, commentaires et notes de Jacques Morel. Paris, Librairie générale française, coll. Le livre de poche 1986.

L'Avare, éd. Jacques Chupeau. Paris, Gallimard, coll. Folio Théâtre, 1993.

Oeuvres complètes, dir. Georges Forestier, avec Claude Bourqui. Paris, Gallimard, coll. Pléiade, 2010.

17 世紀字典

Dictionnaire de l'Académie française dédié au roi. 1694. Paris, J. B. Coignard.

Furetière, Antoine. 1690. *Dictionnaire universel, contenant généralement tous les mots françois tant vieux que modernes, et les termes de toutes les sciences et des arts.* La Haye et Rotterdam, Arnout et Reinier Leers.

莫理哀百科辭典

Gaines, James F. 2002. *The Molière Encyclopedia*. Westport, Conn., Greenwood Press.

莫理哀傳記

Duchêne, Roger. 1998. *Molière*. Paris, Fayard.

Grimarest, Jean-Léonor (de). 2012. *La vie de M. Molière: Réimpression de l'édition originale (Paris, 1705) et des pièces annexes*. Hambourg, Tredition.

Poisson, Georges. 2014. *Tel était Molière*. Arles, Actes Sud.

Scott, Virginia. 2000. *Molière: A Theatrical Life*. Cambridge, Cambridge University Press.

莫理哀戲劇通論

Adam, Antoine. 1997. *Histoire de la littérature française au XVIIe siècle*. Paris, Albin Michel.

Bénichou, Paul. 1988. *Morales du grand siècle*. Paris, Gallimard, coll. Folio Essais.

Bourqui, Claude. 1999. *Les sources de Molière: Répertoire critique des sources littéraires et dramatiques*. Paris, SEDES.

Bradby, David ; Calder, Andrew ; eds. 2006. *The Cambridge Companion to Molière*. Cambridge, Cambridge University Press.

Collinet, Jean-Pierre. 1974. *Lectures de Molière*. Paris, Armand Colin.

Conesa, Gabriel. 1992. *Le dialogue moliéresque, étude stylistique et dramaturgique*. Paris, SEDES-CDU.

Corvin, Michel. 1994. *Lire la comédie*. Paris, Dunod.

Dandrey, Patrick. 2002. *Molière ou l'esthétique du ridicule*. Paris, Klincksieck.

Dux, Pierre. 1972. "Molière parmi nous", *Revue de la Comédie-Française*, no. 14, décembre, pp. 8-13, article consulté en ligne le 24 août 2015 à l'adresse : http://comedie-francaise.fr/histoire-et-patrimoine. php?id=285.

Fernandez, Ramon. 2000. *Molière ou l'essence du génie comique*. Paris, Grasset.

Force, Pierre. 1994. *Molière ou le prix des choses. Morale, économie et comédie*. Paris, Nathan.

Gaines, James F. 1984. *Social Structures in Molière's Theatre*. Columbus, Ohio State University Press.

Hawcroft, Michael. 2007. *Molière : Reasoning with Fools*. Oxford, Oxford University Press.

Mazouer, Charles. 2006. *Molière et ses comédies-ballets*. Paris, Honoré Champion.

Nurse, Peter Hampshire. 1991. *Molière and the Comic Spirit*. Genève, Droz.

Rey-Flaud, Bernadette. 1996. *Molière et la farce*. Genève, Droz.

《守財奴》重要研究

Arnavon, Jacques. 1923. *Notes sur l'interprétation de Molière*. Paris, Plon.

Comédie-Française: L'Avare. Molière, no. 177, juin 1989.

Edwards, Michael. 2012. *Le rire de Molière*. Paris, Editions de Fallois.

Greenberg, Mitchell. 2000. "Molière's Body Politic", *High Anxiety: Masculinity in Crisis in Early Modern France*, ed. Kathleen P. Long. Kirksville, Mo., Truman State University Press, pp. 139-63.

Gutwirth, Marcel. 1961. "The Unity of Molière's *L'Avare*", *PMLA*, vol. 76, no. 4, pp. 359-66.

Patterson, Jonathan. 2015. *Representing Avarice in Late Renaissance France*. Oxford, Oxford University Press.

Pensom, Roger. 2000. *Molière l'inventeur : "c't avec du vieux qu'on fait du neuf"*. New York, Peter Lang.

Pineau, J. 1986. "Harpagon ou la terre aride", *Revue de la société d'histoire du théâtre*, vol. 38, no. 4, pp. 406-17.

Tobin, Ronald W. 1990. *Tarte à la crème—Comedy and Gastronomy in Molière's Theatre*. Columbus, Ohio State University Press.

17 世紀法國戲劇、理論、劇場與演出

Apostolidès, Jean-Marie. 1981. *Le roi-machine: Spectacle et politique au temps du Louis XIV*. Paris, Minuit.

Aubignac, François-Hédelin, Abbé (d'). (1657) 2001. *La pratique du théâtre*, dir. Hélène Baby. Paris, Honoré Champion.

Biet, Christian; Tesson, Philippe. 2009. *Le théâtre français du XVIIᵉ siècle*. Paris, L'avant-scène théâtre.

Chaouche, Sabine. 2001. *L'art du comédien: Déclamation et jeu scénique en France à l'âge classique (1629-1680)*. Paris, Honoré Champion.

Chappuzeau, Samuel. (1674) 1985. *Le théâtre français*. Paris, Editions d'aujourd'hui.

Chevalley, Sylvie. 1973. *Molière en son temps: 1622-1673*. Genève, Minkoff.

Cole, Wendell. 1962. "The Salle Des Machines: Three Hundred Years Ago", *Educational Theatre Journal*, vol. 14, no. 3, October, pp. 224-27.

Conesa, Gabriel. 1995. *La comédie de l'âge classique (1630-1715)*. Paris, Seuil.

Cornuaille, Philippe. 2015. *Les décors de Molière 1658-1674*. Paris, Presses de l'université Paris-Sorbonne.

Dock, Stephen Varick. 1992. *Costume & Fashion in the Plays of Jean-Baptiste Poquelin Molière: A Seventeenth-Century Perspective*. Genève, Slatkine.

Guichemerre, Roger. 1981. *La tragi-comédie*. Paris, PUF.

Jomaron, Jacqueline (de), dir. 1988-1989. *Le théâtre en France*, 2 vols. Paris, Armand Colin.

Lamy, Bernard. (1668) 1998. *Nouvelles réflexions sur l'art poétique*, éd. Tony Gheeraert. Paris, Champion.

Lancaster, Henry Carrington. 1966. *A History of French Dramatic Literature in the Seventeenth Century*, 3 vols. New York, Gordian Press.

Lazard, Madeleine. 1978. *La comédie humaniste au XVIe siècle et ses personnages*. Paris, PUF.

McCarthy, Gerry. 2002. *The Theatres of Molière*. London, Routledge.

La Mesnardière, H.-J. Pilet (de). (1639) 1972. *La poétique*. Genève, Slatkine.

Pasquier, Pierre, éd. 2005. *Le mémoire de Mahelot : Mémoire pour la décoration des pièces qui se représentent par les Comédiens du Roi*. Paris, Honoré Champion.

_____; Surgers, Anne; dir. 2011. *La représentation théâtrale en France au XVIIe siècle*. Paris, Armand Colin.

Rapin, René. 1674. *Réflexions sur la poétique d'Aristote et sur les ouvrages des poètes anciens et modernes*. Paris, F. Muguet.

Scarron, Paul. 1786. *Oeuvres de Scarron*, vol. 3. Paris, Chez J. F. Bastien.

莫理哀戲劇演出

Bourqui, Claude; Vinti, Claudio. 2003. *Molière à l'école italienne: Le "lazzo" dans la création moliéresque*. Torino, L'Harmattan Italia.

Brunner, Frédérique; Petetin, Mélanie ; Saclier, Marjorie. 2009. "Statistiques du répertoire de la Comédie-Française", *La Comédie-Française: L'avant-scène théâtre*, hors série, novembre, pp. 56-57.

Carmody, James Patrick. 1993. *Rereading Molière: Mise en scène from Antoine to Vitez*.

Ann Arbor, University of Michigan Press.

Descotes, Maurice. 1976. *Les grands rôles du théâtre de Molière*. Paris, PUF.

Hilgar, Marie-France. 1997. *Onze mises en scène parisiennes du théâtre de Molière: 1989-1994*. Paris, Papers on French Seventeenth Century Literature.

Jouvet, Louis. 2013. *Molière et la comédie classique: Extraits des cours de Louis Jouvet au Conservatoire (1939-1940)*. Paris, Gallimard.

Peacock, Noël. 2012. *Molière sous les feux de la rampe*. Paris, Hermann.

楊莉莉。2012。《向不可能挑戰：法國戲劇導演安端・維德志 1970 年代》。台北，臺北藝術大學／遠流。

_____。2014。《新世代的法國戲劇導演：從史基亞瑞堤到波默拉》。台北，臺北藝術大學／遠流。

其他

Bergson, Henri. 2012. *Le rire : Essai sur la signification du comique*. Paris, PUF, coll. Quadrige.

Dupont, Florence. 2007. *Aristote ou le vampire du théâtre occidental*. Paris, Flammarion.

Eckermann, Johann Peter. 1836. *Gespräche mit Goethe in den letzten Jahren seines Lebens*, chapitre 56, consulté en ligne le 10 octobre 2015 à l'adresse : http://gutenberg.spiegel.de/buch/gesprache-mit-goethe-in-den-letzten-jahren-seines-lebens-1912/56.

Gallois, Thierry. 2003. *Psychologie de l'argent*. Paris, L'archipel, coll. J'ai lu.

Mauron, Charles. 1985. *Psychocritique du genre comique*. Paris, José Corti.

_____. 1988. *Des métaphores obsédantes au mythe personnel: Introduction à la psychocritique*. Paris, José Corti.

Rousseau, Jean-Jacques. 1758. *Lettre à M. D'Alembert*, consultée en ligne le 5 janvier 2013 à l'adresse: http://www.espace-rousseau.ch/f/textes/lettre%20%C3%A0%20d'alembert%20utrecht%20corrig%C3%A9e.pdf.

Sarcey, Francisque. 1900-02. *Quarante ans de théâtre (Feuilletons dramatiques)*. Paris, Bibliothèque des Annales Politiques et Littéraires.

Simmel, Georg. 2004. *The Philosophy of Money*, trans. David Frisby. London, Psychology Press.

Urban Dictionary, http://www.urbandictionary.com/.

Vinaver, Michel. 2003. "Michel Vinaver et ses metteurs en scène", entretien avec Joseph Danan, *Du théâtre: A brûle-pourpoint, rencontre avec Michel Vinaver*, hors-série, no. 15, novembre, pp. 7-14.

Wajcman, Gérard. 1999. *Collection* ; suivi de *L'avarice*. Caen, Editions Nous.

謝南（J. H. Shennan）著，李寧怡譯。1999。《路易十四》。台北，麥田。

莫理哀重要網站

La Comédie-Française.
　　http://www.comedie-francaise.fr/histoire-et-patrimoine.php?id=511.

Molière 21.
　　http://www.moliere.paris-sorbonne.fr/.

Tout Molière.
　　http://www.toutmoliere.net/.

《守財奴》現代演出分析與劇評

Audétat, Michel. 1989. "Harpagon dans tous ses états", *L'Hebdo*, 26 octobre.

Bataillon, Michel. 2005. *Un défi en province : Planchon chronique d'une aventure théâtrale 1972-1986*, vol. II . Paris, Marval.

Candoni, Christophe. 2013. "*L'Avare* par Ivo van Hove, plus effrayant que drôle, assurément moderne et lucide", 15 novembre, critique consultée en ligne le 6 mai 2014 à l'adresse: http://toutelaculture.com/spectacles/theatre/lavare-par-ivo-van-hove-plus-effrayant-que-drole-assurement-moderne-et-lucide/.

Capron, Stéphane. 2013. "Ivo van Hove dénonce l'argent pourri dans sa version de *L'Avare*", 9 novembre, critique consultée en ligne le 6 mai 2014 à l'adresse: https://www.sceneweb.fr/lavare-version-ivo-van-hove/.

Chevilley, Philippe. 2014. "Un *Avare* de choc à la Comédie de Reims", *Les échos*, 13 octobre.

Choffel, Nicolas. 1989. "L'avarice et l'alchimie", *Le Figaro*, 13 septembre.

Coulet, Valérie. 2014. "*L'Avare* de Molière ressuscité avec brio à Reims", *L'union*, 9 octobre.

Cournot, Michel. 1989. "Michel Bouquet, Harpagon modèle. Il porte l'art de l'acteur à son comble d'expressivité et marque l'incroyable haine d'un père et d'un fils", *Le monde*, 23 septembre.

_____. 2000. "Un *Avare* poignant et magnifiquement drôle à la Comédie-Française", *Le monde*, 31 mars.

Darge, Fabienne. 2007. "Michel Bouquet, subjuguant *Avare*, malgré une mise en scène vieillotte", *Le monde*, 12 janvier.

_____. 2009. "*L'Avare* selon Catherine Hiegel, derniers réglages avant la première", *Le monde*, 11 septembre.

Deschamps, Solveig. 2013. "*Notre avare* d'après Molière. Jean Boillot au Théâtre de l'Aquarium", 11 avril, critique consultée en ligne le 10 mai 2014 à l'adresse: http://unfauteuilpourlorchestre.com/critique-notre-avare-dapres-moliere-jean-boillot-au-theatre-de-laquarium/.

Dossier de création de *L'Avare : un portrait de famille en ce début de 3ᵉ millénaire*, d'après Molière, Epik Hotel, 2014.

Dossier de presse de *L'Avare*, de Molière, la Comédie-Française, 2009.

Dossier de presse de *L'Avare*, de Molière, la Comédie de Reims, 2014.

Dossier de presse de *Notre avare*, d'après Molière, re-création de Jean Boillot, le Théâtre de l'Aquarium, 2013.

G., H. 1914. "Au Théâtre du Vieux-Colombier: *L'Avare* de Molière; *L'Echange* de Paul Claudel; *Le testament du Père Leleu* de Roger Martin du Gard, etc...", *La nouvelle revue française*, mai.

Harrison, Helen L. 1997. "Changing the Limits : Molière, Planchon, and *L'Avare*", *Contemporary Theatre Review*, vol. 6, part 2, pp. 41-56.

Héliot, Armelle. 1989. "Michel Aumont, Harpagon, vingt ans après", *Le quotidien de Paris*, 10 juin.

_____. 2013. "Ivo van Hove : *L'Avare* résiste (un peu) à la transposition", 8 novembre, critique consultée en ligne le 5 mai 2014 à l'adresse: http://blog.lefigaro.fr/the-atre/2013/11/ivo-van-hove-lavare-resiste-a.html.

"Ivo van Hove/Toneelgroep Amsterdam *L'Avare*", annonce du programme, 2013, consultée en ligne le 4 mai 2014 à l'adresse: http://www.maccreteil.com/fr/mac/event/183/l-avare.

Julien, Pierre. 1969. "*L'Avare* au Français: C'est le père Harpagon contesté par ses enfants", entretien avec Jean-Paul Roussillon, *L'aurore*, 13 septembre.

Marcabru, Pierre. 1989. "La perfection même", *Le Figaro*, 19 avril.

Programme de *L'Avare*, mise en scène de Roger Planchon, Odéon-Théâtre de l'Europe, 2001.

Salino, Brigitte. 2009. "*L'Avare* simple et joyeux de Catherine Hiegel", *Le monde*, 25 septembre.

_____. 2014. "Molière contre l'apathie des trentenaires", *Le monde*, 29 mai.

Thébaud, Marion. 2000. "Harpagon, affreux, riche et méchant", *Le Figaro*, 2 mars.

Yérémian, Florence G. 2013. "*Notre avare*: Une catharsis collective que Jean-Baptiste Poquelin n'aurait pas reniée", 24 avril, critique consultée en ligne le 5 mai 2014 à l'adresse: http://www.bscnews.fr/201304242855/Paris-Show/notre-avare-une-cathar-sis-collective-que-jean-baptiste-poquelin-n-aurait-pas-reniee.html.

電影及演出錄影（按導演姓氏字母排序）

Chalonge, Christian (de); Serrault, Michel. 2006. *L'Avare*. Paris, France Télévisions Distribution.

Hiegel, Catherine. 2012. *L'Avare*. Paris, Editions Montparnasse.

Lagarde, Ludovic. 2014. *L'Avare*, captation vidéo de la Comédie de Reims.

Mauclair, Jacques. 1990. *L'Avare*. Paris, Edel.

Mnouchkine, Ariane. 2004. *Molière*. Paris, Bel Air Classiques/CNDP/Harmonia Mundi Distribution.

Planchon, Roger. 2001. *L'Avare*, captation vidéo à Odéon-Théâtre de l'Europe.

Roussillon, Jean-Paul. 2008. *L'Avare*. Paris, Editions Montparnasse et INA.

Serban, Andrei. 2008. *L'Avare*. Paris, Paris, Editions Montparnasse.

Vilar, Jean. 1966. *L'Avare*, Festival du Marais, vidéo visionnée en ligne le 7 avril 2015 à l'adresse: https://www.youtube.com/watch?v=rx89B3mEkqw.

Werler, Georges. 2007. *L'Avare*. Paris, Universal Music.

《守財奴》舞台演出及電影改編資訊重要網站

Théâtre - Eduscol - Ministère de l'éducation nationale.

http://eduscol.education.fr/theatre/ressources/ressources-auteur/moliere/avare.

Tout Molière - Médiathèque.
http://www.toutmoliere.net/spip.php?page=recherche_filmographique&lang=fr&re-cherche=%C2%A0l%27-avare.

L'Avare 中譯版本

李玉民譯。2016。《法國戲劇經典（17-18 世紀卷）》，再版。杭州，浙江大學。

李健吾譯。1993。《莫里哀喜劇六種》。台北，桂冠。

肖熹光譯。1999。《莫里哀戲劇全集》。北京，文化藝術。

楊路譯。2003。《吝嗇鬼》。北京，中國致公。

趙少候譯。1959。《莫里哀喜劇選》。北京，人民文學。

譯者不詳。出版年不詳。《慳吝人》。台北，華岡。

國家圖書館出版品預行編目資料

莫理哀《守財奴》／莫理哀(Molière)原著；楊
莉莉譯注.--初版.--臺北市：臺北藝術大學，
五南，2017.06
　　面；　公分
譯自：L'Avare
ISBN 978-986-05-1752-1（平裝）

876.55　　　　　　　　　106000587

1Y57

莫理哀《守財奴》

譯　　　者 ─ 楊莉莉

發 行 人 ─ 楊榮川

總 經 理 ─ 楊士清

主　　　編 ─ 陳姿穎

責任編輯 ─ 許馨尹

封面設計 ─ 楊玫琪

出 版 者 ─ 國立臺北藝術大學

地　　　址：112台市北投區學園路1號

電　　　話：(02)2896-1000

網　　　址：http://www.tnua.edu.tw

發 行 者 ─ 五南圖書出版股份有限公司

地　　　址：106台北市大安區和平東路二段339號4樓

電　　　話：(02)2705-5066　　傳　　　真：(02)2706-6100

網　　　址：http://www.wunan.com.tw

電子郵件：wunan@wunan.com.tw

劃撥帳號：01068953

戶　　　名：五南圖書出版股份有限公司

法律顧問　林勝安律師事務所　林勝安律師

出版日期　2017年6月初版一刷

定　　　價　新臺幣350元

◎本書為科技部經典譯注計畫